D0730119

Nous remercions le ministère du Patrimoine canadien,
la SODEC et le Conseil des Arts du Canada
de l'aide accordée à notre programme de publication

 Patrimoine Canadian
canadien Heritage

 Conseil des Arts Canada Council
du Canada for the Arts

ainsi que le Gouvernement du Québec
– Programme de crédit d'impôt
pour l'édition de livres
– Gestion SODEC.

Nous reconnaissons l'aide financière
du gouvernement du Canada
par l'entremise du Programme d'aide au développement
de l'industrie de l'édition (PADIÉ) pour ce projet.

Illustration de la couverture :
Gérard Frischeteau

Couverture :
Conception Grafikar

Édition électronique :
Infographie DN

Dépôt légal : 2e trimestre 2006
Bibliothèque nationale du Canada
Bibliothèque nationale du Québec

1234567890 IML 09876

À la guerre comme à la guerre !

DU MÊME AUTEUR
AUX ÉDITIONS PIERRE TISSEYRE

Collection Deux solitudes, jeunesse

Je t'attends à Peggy's Cove, roman,
  traduit par Claude Aubry, 1991.
La vie facile, roman,
  traduit par Michelle Robinson, 1991.

Catalogage avant publication
de Bibliothèque et Archives Canada

Doyle, Brian

  [Boy O'Boy. Français]

  À la guerre comme à la guerre !

  (Deux solitudes, jeunesse ; 41)
  Traduction de : Boy O'Boy.

  ISBN 2-89051-981-3

  I. Clermont, Marie-Andrée. II. Titre. III. Titre : Boy
O'Boy. Français. IV. Collection : Collection Deux solitudes,
jeunesse ; 41.

PS8557.O87B6914 2006 jC813'.54 C2006-940512-3
PS9557.O87B6914 2006

Brian Doyle

À la guerre comme à la guerre!

traduit de l'anglais par
Marie-Andrée Clermont

**ÉDITIONS
PIERRE TISSEYRE**

5757, rue Cypihot, Saint-Laurent (Québec) H4S 1R3
Téléphone: (514) 334-2690 – Télécopieur: (514) 334-8395
Courriel: ed.tisseyre@erpi.com

Remerciements

L'auteur d'une histoire a toujours besoin de gens pour l'aider à l'écrire correctement. Je voudrais remercier Marilyn Kennedy pour s'être chargée de la saisie du manuscrit sur traitement de texte et pour l'avoir gardé sur les rails ; Mike Paradis pour ses commentaires pertinents et la révision qu'il a faite de son œil aiguisé ; Desmond Hassell, de l'église Parkdale United, à Ottawa, pour les informations qu'il m'a données sur les grandes orgues ; et mon partenaire de longue date dans la concoction de spectacles musicaux et d'autres produits illégaux, Stanley Clark, qui a entraîné mes oreilles à entendre *La Marche du couronnement*.

Je dois aussi beaucoup à l'excellente étude de Jeanne Safer intitulée : *The Normal One : Life With a Difficult or Damaged Sibling* (The Free Press, New York, 2002).

Dédicace

Je dédie ce livre à ma sœur Fay, de Peggy's Cove (Nouvelle-Écosse), et à mon frère Mike, de Clayton (Ontario).

Et à Sandy Farquharson, qui porte un masque pour dormir.

Et à Debra Joynt, de l'école Chelsea, une enseignante formidable.

1

La fontaine
du baron Strathcona

Ma grand-mère est morte, hier soir.

«La mort viendra la chercher ce soir.» C'est ce qu'ils ont dit. La mort est venue, et grand-maman est morte. Mais elle est restée là. La mort ne l'a emmenée nulle part. C'est une grosse voiture noire qui est venue la chercher.

On m'a baptisé en son honneur. Elle s'appelait Martina. Moi, c'est Martin. Sans *a* à la fin. Mon nom de famille est O'Boy. Je m'appelle Martin O'Boy. Il y en a qui essaient de m'appeler Boy O'Boy. Mais je n'aime pas ça.

Mon père dormait en bas sur le divan défoncé. Ma mère était couchée en haut, sur le plancher, à côté du lit où reposait grand-maman. Tôt ce matin, avant que le soleil se lève, les hommes sont venus chercher ma grand-mère et l'ont emmenée dans une grosse voiture noire.

J'imagine que ma mère et mon père vont retourner dans leur propre lit, maintenant.

Hier soir, nous étions tous debout autour du lit : le docteur O'Malley, le père Fortier, ma mère, mon père, mon frère jumeau, Phil, et Cheap, mon chat.

Grand-maman a cessé de respirer. J'ai entendu le dernier souffle qu'elle a laissé échapper. Un long souffle. On aurait dit un long soupir.

Oh…

Pauvre…

de…

moi.

Elle donnait l'impression d'une grande, grande fatigue, d'un tel épuisement…

Le père Fortier disait les mots qu'il fallait.

Le docteur O'Malley dodelinait de la tête.

Quelques heures plus tard, je suis retourné la voir – voir ma grand-mère.

Le docteur et le prêtre étaient partis. Phil, mon frère jumeau, s'était endormi. Ma mère et mon père se disputaient en bas, dans la cuisine, mais sans trop élever la voix.

J'entre dans la chambre pour voir grand-maman.

La lumière du passage s'infiltre dans la pièce. La forme sombre de grand-maman. Là, sur le lit. Est-ce qu'elle respire ? Non. Le lit a-t-il grincé? Non. Il fait plus noir que la nuit, à l'autre bout de la pièce.

Ses jambes sont dures comme des billes de bois flottant sur la rivière. Ses bras ressemblent au marbre d'une statue. Elle a les pieds en ciment. Les mains comme des pierres. Les doigts semblables aux carottes entreposées dans la cave froide. Le visage en verre – un verre froid et épais.

Ma grand-maman est morte. Ses cheveux comme de la soie. Sa tête comme celle des soldats de fer du monument commémoratif de la guerre…

Quand ils sont arrivés, les hommes l'ont couverte d'un drap et déposée sur une civière, puis ils l'ont descendue dans l'étroit escalier en grognant et en ronchonnant tout le long.

Je me souviens surtout de grand-maman en hiver, parce qu'elle venait faire son tour presque tous les jours. Elle habitait avenue Robinson, à Overbrook, près de l'abattoir. Presque chaque jour, elle partait de chez elle et parcourait toute la distance jusqu'à notre maison : passé l'abattoir, elle descendait le sentier qui traverse le tunnel de broussaille touffue sur les berges de la rivière Rideau, et elle coupait par le parc Strathcona jusqu'à la fontaine du baron Strathcona pour atteindre la rue Rideau et ensuite la rue Cobourg, qu'elle empruntait le long du parc Heney, jusqu'à la rue Papineau, où se trouve notre logement.

Malgré son âge, grand-maman était très belle. Elle avait de grands yeux bleus et une longue, longue chevelure bouclée. Lorsqu'elle entrait, mon frère jumeau, Phil, courait à la porte, et moi aussi.

Nous sentions la fourrure froide de son manteau, dont quelques poils s'échappaient, et je riais de ses lunettes embuées. Car, quand elle passait du froid du dehors à la chaleur du vestibule, ses lunettes se couvraient aussitôt de buée, et elle n'y voyait plus rien.

— J'vois rien! disait-elle. J'vois rien, mais m'est avis que c'est vous deux, mes tout-p'tits!

Elle parlait avec un gros accent, parce qu'elle venait d'Écosse.

Nous flattions la fourrure de son manteau, et je fouillais dans sa poche pour trouver les bonbons qu'elle y gardait toujours, puis je prenais son parapluie pour le ranger dans le coin et je l'aidais à enlever son manteau.

Et mon frère jumeau, Phil, un bonbon à la main, se mettait à hurler pour que quelqu'un le lui développe.

Même en hiver, grand-maman ne se séparait jamais de son parapluie – son parapluie noir au bout muni d'une pointe très acérée.

Un jour, ma mère m'a raconté qu'il y a longtemps – c'était l'été, à l'époque de ma naissance –, un homme était sorti de l'abattoir et s'était mis à suivre grand-maman dans le sentier qui longe la rivière Rideau. Elle avait donc allongé le pas, mais il avait fait de même, alors elle s'était mise à courir, ses longs cheveux volant dans son sillage, mais il courait, lui aussi. Or, comme elle avait pris son parapluie – parce qu'on prévoyait des averses –, elle s'était arrêtée brusquement, avait pivoté d'un coup sec et lui avait transpercé le visage avec son parapluie noir au bout muni d'une pointe très acérée. Là, le type s'était plié en deux en couvrant son visage de ses mains, et elle avait couru jusqu'à la fontaine du baron Strathcona, où elle avait fait une pause pour reprendre son souffle, et, quand elle s'était retournée pour regarder en arrière, le type était parti et elle avait pensé qu'elle lui avait peut-être crevé un œil…

Voilà pourquoi, depuis ce jour-là, elle apportait toujours son parapluie avec elle, beau temps mauvais temps, été comme hiver.

Je prenais souvent son parapluie pour jouer avec, pour jouer à l'épée.

Dans les derniers jours de l'année scolaire, en juin dernier, juste avant les vacances, l'enseignante, mademoiselle Gilhooly, essayait de tuer le temps. Elle nous a demandé de dessiner une *activité* que nous *prévoyions faire* pendant

15

les vacances (si jamais elles finissaient par arriver), quelque chose que nous pouvions nous *imaginer* en train de *faire*.

Alors j'ai dessiné une belle dame aux longs cheveux qui flanquait une épée en plein dans les yeux d'un vampire, avec du sang et de la gelée qui giclaient de partout et le vampire qui hurlait *Aïe aïe aïe!* en grosses lettres rouges, avec un abattoir en arrière-plan et la fontaine du baron Strathcona juste à côté.

Tous mes camarades de classe ont récupéré leur illustration, mais pas moi.

Puis ç'a été la fin des classes.

À l'occasion, grand-maman emmenait grand-papa avec elle quand elle venait nous voir. Lui aussi, il vient d'Écosse. Comme il ne disait jamais rien, je n'ai jamais su s'il parlait drôlement, comme grand-maman. Mais sans doute que oui.

En Écosse, dans sa jeunesse, c'était un joueur de soccer célèbre. L'été, dans notre petite cour, je lui lançais mon ballon en caoutchouc, et il l'interceptait avec sa tête chauve pour le faire rebondir. Peu importe où je voulais faire aller le ballon, grand-papa pouvait le diriger avec précision.

On avait suspendu un cercle de barrique à notre pommier qui n'a jamais donné de pommes, et, chaque fois, grand-papa réussissait à faire passer le ballon au travers avec sa tête.

L'hiver, dans la maison, il pouvait atteindre notre chat, Cheap, à tout coup avec le ballon, mais, si grand-maman avait le malheur de le surprendre, elle lui criait :

— Hé ! Fais donc pas ça !

Il ne répondait jamais. Il se contentait de sourire.

Il gardait parfois les yeux fixés sur moi pendant un très long moment, jusqu'à ce que je me sente bizarre et que je quitte la pièce.

J'ai tellement de cheveux blonds frisés alors qu'il n'en a pas – pas un seul poil sur la boule. Est-ce à ça qu'il pensait ? Au fait qu'il aurait aimé avoir des cheveux ?

Puis il a eu une attaque et, maintenant, il est à l'hospice, assis devant la fenêtre à longueur de journée. Les quelques fois où il nous arrive d'aller le voir, je me demande à quoi il pense, désormais, quand il regarde dehors.

Mon père dit qu'il regrette probablement de ne plus être en Écosse.

Dans les Highlands.

Selon ma mère, c'est là où se trouve son cœur. J'aime l'entendre dire ça. J'aime quand elle parle de l'endroit où se trouve le cœur des gens.

Je ne sais pas où se trouve mon cœur.

2

Madame Dindon
et madame Ketchup

Je suis assis dans l'escalier d'en avant, les bras autour des genoux. Nous n'avons pas de véranda. Juste un escalier de ciment qui mène au trottoir. Notre porte est la deuxième de la rue Papineau à partir de la rue Cobourg.

Je réfléchis à certaines choses. Je songe au fait que la guerre est presque terminée, et que chaque jour, maintenant, il y a des soldats et des marins qui reviennent au pays, de sorte que c'est la fête tous les soirs dans les rues.

Et je pense que ce sera bientôt mon anniversaire et je me demande si j'aurai un cadeau, cette fois-ci. L'an dernier, on m'a donné un chat à une oreille.

Je pense aussi à ce soir, au fait que je vais aller chanter à la chorale de l'église protestante de la rue King Edward. Pour s'y rendre, il faut aller jusqu'au Little Theater, traverser la rue Rideau et monter la côte.

Voilà que deux dames s'amènent.

Je reste assis et je les regarde. C'est le matin, juste à l'heure où le camion de glace passe dans la rue. Quand il arrive, le chauffeur me permet de fouiller à l'arrière et de prendre un morceau de glace à sucer. Ça goûte la glace, mais ça sent le bois et le bran de scie humide.

Mais là, impossible d'y aller parce que ces dames sont devant moi, à me parler. Le camion fait sa livraison chez la voisine, madame Sawyer. Il ne livre pas de glace chez nous parce que ça coûte trop cher. C'est plus économique de sortir ma wagonnette et d'aller en chercher moi-même au dépôt de glace.

Un tramway passe dans la rue Cobourg. Un de ces véhicules tout en hauteur qui ont la face longue. Avec *Cobourg Barn* écrit sur le front, de hautes fenêtres en guise d'yeux, le phare avant comme petit nez rond. Sa bouche, c'est le chasse-pierres. Il ne sourit pas. Il ne sourit jamais.

— Tu dois être Martin, dit l'une de ces dames.

Elles portent des vêtements magnifiques. Elles ont toutes deux un parapluie coloré, mais il ne pleut plus. Le soleil s'est levé, et de la vapeur se dégage des rails du tramway et de certaines sections du trottoir.

Le camion-citerne passe parfois pour nettoyer la rue. J'aime bien m'asseoir sur la bordure du trottoir et me faire éclabousser les pieds par l'eau qui en gicle. Mais en ce moment, la vapeur est due à la pluie et pas au camion-citerne.

La rue sent le propre.

Notre escalier est cassé en deux. Je suis assis sur la partie supérieure. J'ai mis des caoutchoucs par-dessus mes chaussettes. Je n'ai pas de souliers. Mes caoutchoucs sont maintenus en place par des bandes élastiques noires, de la même couleur que les chaussettes et les caoutchoucs. Mes jambes sont blanches, sauf pour les croûtes que j'ai sur les genoux, causées par une chute pendant qu'on jouait au soccer dans la rue avec une balle de tennis, Billy Batson et moi. Les croûtes sont brun-rouge. Mon short est brun. J'ai une poche du côté gauche, mais il n'y a rien dedans. Je porte une camisole blanche. Mon chandail est en laine de couleur grise. Le temps se réchauffe, de sorte que je vais l'enlever, mais je ne peux pas le faire tout de suite, parce que ces deux dames sont ici et qu'elles me regardent de haut.

Les poignets de mon chandail sont usés à la corde. Les brins de laine pendouillent. Avec mes doigts, je les repousse et je referme les mains autour pour qu'elles ne le remarquent pas. On dirait que je n'ai pas de mains.

Les dames plissent le visage au passage du tramway. Elles sentent le roulement monter par leurs chaussures de fantaisie toutes luisantes et le long de leurs jambes, sous leur robe.

L'une d'elles a des rides autour de la bouche, et sa peau pend dans son cou comme celle d'un dindon. Et elle a les cheveux bleus. Un dindon aux cheveux bleus.

L'autre a des cheveux pêche empilés en frisottis sur sa tête, les joues peintes en rose, de longs cils noirs, des yeux qui ressemblent à des bleuets et des lèvres couvertes d'une épaisse couche de rouge à lèvres de couleur ketchup.

Madame Dindon a une montre qui se balance sur sa poitrine à côté de ses lunettes. Je peux y lire l'heure, même si elle est à l'envers.

Il est huit heures et quart.

— Nous sommes vraiment désolées pour ta grand-mère, dit madame Ketchup d'une voix chantante. Elle s'est endormie, hier soir, n'est-ce pas?

— Elle ne s'est pas endormie, dis-je. Elle est morte.

— Eh bien, oui, c'est cela, Martin, n'est-ce pas? répond madame Dindon.

Je suis effronté et je le sais très bien.

Notre porte s'ouvre, et mon chat, Cheap, se fait pousser dehors, puis il vient s'asseoir à côté de moi.

— Oh! Quel chat intéressant! commente madame Ketchup. Il s'appelle comment?

— Cheap, dis-je. Je l'ai eu pour mon anniversaire, l'an passé. Mon père l'a acheté à l'animalerie Radmore, de la rue Rideau. Il l'a eu pour dix cents parce qu'il lui manquait une oreille. *Cheap.* Pas cher.

— Oh! s'exclame madame Ketchup.

Elle sourit, mais elle n'en a pas envie.

— Est-ce que ce sont tes souliers? demande madame Dindon.

— Ce ne sont pas des souliers, dis-je. Ce sont des caoutchoucs.

— Où as-tu pris tous ces jolis cheveux frisés? demande madame Ketchup.

— Et vous, où avez-vous pris les vôtres? dis-je, effrontément.

Ma grand-mère dirait: «Fais donc pas ton p'tit impertinent!»

— Quel âge as-tu? demande madame Dindon.

Elles vous demandent toujours votre âge. Mais ne vous avisez pas de demander le leur.

Je ne réponds pas. Elle fouille dans son sac à main et en sort un papier, qu'elle déplie.

— C'est toi qui as dessiné ça, Martin? À l'école? Hein?

L'illustration d'une belle dame qui poignarde un vampire.

Aïe aïe aïe!

3

La rue Papineau
et les Aztèques

Le chèque d'allocation familiale est arrivé ce matin. J'ai vu le facteur le remettre à ma mère peu après le départ de madame Dindon et de madame Ketchup.

Ma mère a préparé Phil et elle est partie à pied pour aller l'encaisser à la banque de la rue Rideau. Nous recevons seize dollars par mois – huit dollars pour chaque enfant de la famille.

Phil reçoit le même montant que moi, même s'il n'est pas comme moi.

J'essaie de calculer combien d'argent la mère de Horseball Laflamme reçoit du facteur. Les Laflamme ont tant d'enfants qu'elle doit en recevoir pas mal. Toute la famille vit dans la maison voisine de la nôtre, au numéro un, rue Papineau. Monsieur Laflamme, le père de

Horseball, a des problèmes de santé. Il tousse beaucoup la nuit. Nous l'entendons à travers le mur de notre chambre, à l'étage. Il crache et il a des quintes de toux interminables.

Nous, nous habitons au numéro trois, rue Papineau.

De l'autre côté, au numéro cinq, il y a Buz Sawyer et sa mère. Le père de Buz est mort. L'hiver dernier, Buz s'est engagé dans l'armée de l'air et il est parti. Madame Sawyer nous a raconté qu'il a menti sur son âge pour pouvoir aller piloter des avions. Elle était fâchée. Nous attendons le retour de Buz pour bientôt. Plus loin, de l'autre côté de chez Buz, c'est le numéro sept, où mon ami Billy Batson habite avec sa mère.

Au numéro neuf, la dernière maison de la rangée, il y a Lenny Lipshitz et la famille Lipshitz. Le père de Lenny est chiffonnier. Il ramasse des os, de la guenille et de la ferraille. Il a un cheval au dos déformé, qui tire un vieux chariot grinçant. Toute la journée durant, il se promène par-ci par-là. Il roule très lentement et, à tout moment, il crie quelque chose qui veut dire *os, guenille, ferraille*. Il est assis sur son chariot à moitié rempli de sommiers, de bouteilles, d'os et de papier, mais il ne se tient pas droit. On croirait qu'il dort.

Lenny Lipshitz a un visage qui donne l'impression qu'il ment tout le temps. J'imagine que c'est parce qu'il ne regarde jamais les gens dans les yeux quand il parle. Quand il s'adresse à vous, ses yeux se portent toujours loin au-dessus de vos épaules, ou alors ils fixent ses souliers. Et sa bouche agit drôlement quand elle essaie de dire les mots – comme si elle ne voulait pas vraiment les dire. Et ses joues se contractent un petit peu, comme quand on se frappe les orteils ou qu'on se coince les doigts dans une porte.

Un jour, à l'école, Lenny m'a enseigné un jeu qui s'appelle «les sous dans le pot». On creuse un trou dans le sol avec le talon – c'est le pot. Puis, à trois grandes enjambées de là, les deux joueurs lancent un cent à tour de rôle en essayant de le faire tomber dans le pot, ou pas trop loin. Celui qui réussit à le lancer dedans, ou dont le cent est le plus près du pot, gagne un tour à essayer de pousser l'autre cent avec une pichenette. S'il réussit à atteindre le pot, il garde les deux cents. Sinon, c'est à l'autre de jouer.

On a joué pendant un bon bout de temps, et, chaque fois, j'ai perdu.

Je commençais à être à court de cents lorsque mademoiselle Gilhooly, notre enseignante en arts plastiques, s'est amenée de notre côté. Elle s'est montrée HORRIFIÉE et elle a dit que nous étions en train de jouer à des jeux de hasard, et que jouer à des jeux de hasard était très mal, et que nous devions rendre tout l'argent gagné et quitter le sentier du mal et du péché.

Il me restait trois cents dans ma poche.

— Combien en avais-tu avant de commencer à JOUER À CE JEU DE HASARD? m'a demandé mademoiselle Gilhooly.

Elle me regardait tristement, comme si j'étais quelqu'un qui venait d'attraper une maladie horrible et qui allait être déporté dans une colonie de lépreux ou à l'île des Damnés, comme dans les bandes dessinées. Je lui ai montré les trois cents qui me restaient.

Je l'ai regardée droit dans les yeux et je lui ai dit que j'en avais vingt au début du jeu.

— En ce cas, Lenny, a-t-elle dit, tu vas redonner dix-sept cents à Martin. Et tu ne vas jamais plus, de toute ta vie, JOUER À DES JEUX DE HASARD!

— Mais ce n'étaient pas dix-sept cents, seulement dix, a protesté Lenny. J'ai seulement gagné dix cents en jouant contre lui!

Lenny regardait les gros souliers de mademoiselle Gilhooly, puis il a levé les yeux par-dessus son épaule pour fixer le drapeau royal de l'Union qui flottait sur l'école, la York Street School. En plus, sa bouche avait de drôles de tics, et la douleur se lisait sur son visage.

— Tu mens, Lenny, a dit mademoiselle Gilhooly très doucement. Alors, tu vas immédiatement remettre à Martin ses dix-sept cents, sinon nous allons voir le directeur.

Bien sûr, Lenny n'avait pas envie d'aller voir le directeur pour subir la torture, peut-être même se faire exécuter, alors il m'a donné dix-sept cents.

Sur le chemin du retour à la maison, en passant devant le magasin de bonbons Chez Provost, je me suis souvenu de quelque chose d'affreux.

Ce matin-là, j'avais trouvé deux pièces de dix cents dans le caniveau, juste devant notre maison, et j'avais dépensé sept cents pour m'acheter une grosse barre de chocolat Crispy Crunch, que j'ai mangée au complet en me rendant à l'école, au point d'en avoir mal aux dents pendant un petit moment.

Ainsi, je n'avais réellement que treize cents quand j'ai commencé à JOUER À CE JEU DE HASARD.

Lenny ne mentait pas. Le menteur, c'était moi.

J'en ai parlé à grand-maman. Elle m'a dit que j'avais un beau visage, du genre que les gens auront toujours envie de croire. Les gens veulent croire ce que dit un beau visage.

Et personne ne voudra jamais croire ce que dit Lenny Lipshitz.

— Est-ce que ça signifie que je vais toujours devoir dire la vérité ? ai-je demandé à ma grand-mère.

— Oui, a-t-elle répondu. C'est mieux de dire la vérité.

Puis elle a dit que j'étais un très, très beau garçon et que je devrais apprendre à vivre avec ça pour le reste de mes jours.

En attendant que ma mère et Phil reviennent de la banque, je passe en revue ma pile de *National Geographic,* ces magazines que grand-maman apportait à la maison une fois qu'elle les avait lus.

Mon préféré est celui qui parle des Aztèques, le peuple nahuatl qui vivait au Mexique il y a de ça très, très longtemps. Chaque printemps, les Aztèques choisissaient le plus beau garçon de la tribu et ils lui offraient des présents, des mets délicieux, des vêtements chers, de l'argent, des fêtes avec de la musique et de jolies filles. Puis ils le frottaient d'huile, lui mettaient une couronne et organisaient un défilé en son honneur, et, à la fin du défilé, ils étendaient son beau corps nu sur un autel doré, où les prêtres le maintenaient solidement, l'étirant autant qu'ils le pouvaient sous les yeux de tous les gens en prière, et alors, avec un couteau d'argent, ils lui arrachaient le cœur, qu'ils élevaient ensuite dans les airs pour l'offrir aux dieux. Pour que les semences poussent bien.

Une illustration en couleurs montre l'autel et les prêtres aztèques en train de couper le cœur du beau garçon.

Le couteau et le sang.

4

Monsieur George
et le chat de la chorale

Ma mère et Phil sont de retour de la banque. Phil hurle et fait des siennes. Ma mère me donne un gros dollar.

— Va au magasin de chaussures Chez Lefebvre et achète-toi une paire de souliers de course. Ils coûtent quatre-vingt-dix-neuf cents. Tu garderas le cent qui reste. Ces deux femmes de l'Assistance publique ont l'air de penser que tu n'es pas élevé comme il faut. Que tu es négligé. Il me semble qu'elles auraient pu avoir la décence d'attendre au moins après les funérailles pour venir me mettre ça sur les épaules, ces espèces de fouineuses.

Ma mère s'assoit sur le divan. Elle est fatiguée, et ses yeux sont tout rouges. Elle est assise sur la partie où les ressorts n'ont pas percé le tissu de recouvrement.

Il y a un bébé dans son ventre qui va bientôt sortir.

Je monte la rue Cobourg en longeant le parc Heney. Je vais chanter à l'église protestante. Je suis avec Billy Batson. Nous sommes censés être les petits chanteurs d'été de la chorale, en remplacement des chanteurs réguliers qui quittent la Basse-Ville pour passer l'été à la ferme d'un oncle, ou dans une cabane ou un chalet près de la rivière.

On est censés être les petits chanteurs d'été de monsieur Skippy Skidmore.

Monsieur Skippy Skidmore est prof de musique et maître de chœur dans notre école, la York Street School. Un jour, pendant que je chantais, monsieur Skippy est venu se placer à côté de moi ; il a posé ses mains dans mes cheveux frisés et son oreille tout près de ma bouche, et il m'a écouté, moi tout seul, pendant que l'école presque au grand complet chantait dans le gymnase – *God Save the King* ou un air du genre.

Billy a dit qu'il lui avait fait la même chose.

Billy Batson me fait rire. Il porte le même nom que le jeune héros de bande dessinée qui peut se métamorphoser en Capitaine Marvel.

Dans la bande dessinée, un orphelin sans abri appelé Billy Batson rencontre un sorcier qui lui transmet un mot magique : SHAZAM !

S pour Salomon égale sagesse,
H pour Hercule égale force,
A pour Atlas égale endurance,
Z pour Zeus égale pouvoir et leadership,
A, pour Achille égale courage,
et
M pour Mercure égale vitesse.

L'orphelin sans abri Billy Batson prononce le mot *SHAZAM*! Et là, il y a une image qui dit BOUM! Et voilà Billy transformé en Capitaine Marvel, qui ressemble beaucoup à Fred MacMurray – l'étoile de cinéma –, sauf pour ses vêtements. Le Capitaine Marvel porte un habit rouge ajusté, avec une ceinture, des poignets et des chaussures jaunes, ainsi qu'une cape blanche bordée de jaune.

Avec un éclair jaune sur la poitrine.

Lorsque mon ami Billy flaire un danger ou qu'il a besoin d'aide, lorsqu'il a peur ou qu'il veut aider une personne en détresse, lorsqu'il s'engage dans une bataille à Angel Square ou que quelque chose l'excite tout à coup, il prononce le mot *SHAZAM*! Puis il ferme les yeux et il attend.

Bien sûr, il ne se passe rien. Pas de gros BOUM! Mon copain ne se transforme pas en Capitaine Marvel non plus, mais il affirme que le mot lui donne des pouvoirs surnaturels et fait gonfler son cerveau comme la poitrine du Capitaine Marvel.

C'est ici, dans la rue Cobourg, le long du parc Heney, qu'un camion de charbon a passé sur un petit garçon, l'hiver dernier. Monté sur un traîneau en carton, l'enfant glissait sur la côte qui descend jusqu'à la rue Clarence.

Nous nous arrêtons ensuite devant l'animalerie Radmore et nous regardons, par la vitrine crasseuse qui donne sur la rue Rideau, les chatons, les chiots et les lapins qu'il y a là-dedans. C'est ici que mes parents ont acheté mon chat, Cheap, l'an dernier, à mon anniversaire.

Je pense à ce qui est arrivé après que monsieur Skippy m'a écouté chanter. Une fois la répétition de la chorale terminée, je me suis rendu à mon cours de maths. Et là, mon enseignant en mathématiques, Ketchy Balls, m'a remis un bout de papier sur lequel était écrit que je devais aller chanter dans la chorale de l'église Saint-Alban quand les vacances seraient commencées. C'était signé monsieur S. Skidmore. Est-ce que le S était vraiment mis pour Skippy ?

Après m'avoir remis le billet, monsieur Ketchy Balls m'a donné un coup sur la jambe avec son bâton secret.

Il garde un bâton caché dans la manche de son veston. Si un garçon (jamais une fille) fait autre chose que ses exercices de maths, Ketchy Balls enfouit la main dans sa manche secrète et dégaine son bâton pour lui frapper les jambes.

Pendant que j'essayais de déchiffrer le billet (monsieur Skippy n'écrit pas très bien), Ketchy Balls a dégainé son bâton et m'a fait une marque rouge en travers de la jambe.

— Tu n'es pas censé lire des billets en ce moment, a-t-il dit, mais faire ton travail de mathématiques.

Tout le monde déteste Ketchy Balls. Un jour, l'hiver dernier, Killer Bodnoff l'a frappé derrière la tête avec une balle de glace pendant la récréation et il a fait tomber son chapeau. Cet après-midi-là, Ketchy Balls a essayé de découvrir l'identité du coupable, mais, comme personne n'a voulu parler, tous les gars de la classe ont reçu des coups de cravache. Quel homme, ce Ketchy Balls!

Billy et moi, nous descendons la rue Rideau et nous passons devant le restaurant Chez Imbro. Tous les clients sont occupés à manger du spaghetti à la viande ou à déguster de délicieuses coupes glacées.

Nous passons devant la bibliothèque publique, où Billy vient toujours emprunter des livres.

Moi, je ne viens pas souvent emprunter des livres. Je lis surtout de vieux numéros du *National Geographic* de grand-maman, ou des bandes dessinées, ou encore le *Ottawa Journal*.

Je suis un très bon lecteur. Je savais même lire avant de commencer l'école. C'est grand-maman qui m'a appris.

La première chose que j'ai lue, c'est ce qui est écrit sur plein de couteaux et de fourchettes que nous avons dans le tiroir de la cuisine :

HÔTEL CHÂTEAU LAURIER

Billy et moi, nous passons devant le Little Theater et nous prenons l'avenue King Edward. Nous voici dans la Côte de Sable. En ce moment, le Little Theater présente *En route vers le Maroc*, un film qui met en vedette mon chanteur préféré, Bing Crosby, et son ami stupide qui s'appelle Bob Hope. Bob Hope est supposé être comique, mais il ne l'est pas. Là-dedans, Bing en vient à chanter *Moonlight Becomes You* à la belle Dorothy Lamour. J'ai vu ce film et je le dis à Billy. Je lui raconte toute l'histoire. Je lui décris les vêtements de Dorothy Lamour :

— Tout ce qu'elle portait, c'était une courte chemise de nuit très ajustée, fendue de bas en haut sur le côté, et une belle grosse fleur dans les cheveux.

— SHAZAM ! fait Billy.

Pour aller à la chorale, nous devons descendre un escalier de bois à l'arrière de l'église, entrer, puis nous rendre au sous-sol : d'abord dix marches pour atteindre un sombre palier, tourner à droite dans l'obscurité, et franchir encore cinq autres marches. Ensuite, on se dirige vers la lumière de la salle de répétition.

Monsieur Skippy est bien là.

— Eh bien, dit-il. On y est, pas vrai ? Martin et Billy. Mes deux nouveaux petits chanteurs d'été. Parfait. Bienvenue. Vous savez que vous êtes payés, n'est-ce pas ? Vingt-cinq cents pour trois répétitions par semaine. Pas vingt-cinq cents par répétition, mais vingt-cinq cents pour *trois* répétitions. Et vingt-cinq cents pour le service du dimanche *et encore* vingt-cinq cents pour les vêpres. Combien ça fait par semaine, tout ça ? Bien sûr ! Soixante-quinze cents. Pour chanter ! Une somme fabuleuse, ne trouvez-vous pas ? Cependant, si vous arrivez en retard à la chorale, on vous retire un cent par minute. Et autre chose, vous remarquerez que l'escalier que vous venez de descendre est en bois. Il y a des marches grinçantes ! Si vous arrivez en retard, vous allez espérer qu'elles ne grincent pas. Surtout la marche numéro neuf !

Il fait un clin d'œil à un gros homme qui se tient contre le mur, vêtu d'un uniforme militaire. Il y a une dizaine d'autres garçons dans la salle.

— Pas vrai, monsieur George ?

— Bien vrai, monsieur Skippy, approuve l'homme.

— Oui, dit monsieur Skippy, la marche numéro neuf est la plus bruyante. Si vous pouvez vous en souvenir, c'est une bonne idée de l'enjamber. Sautez la marche numéro neuf et passez directement de la numéro huit au palier. Ne marchez pas trop fort sur le palier. Ensuite, descendez les cinq autres sur la pointe des pieds et jetez un regard sur la salle de répétition avant d'entrer. Si monsieur Skippy a le dos tourné, vous pouvez vous glisser à votre place, juste ici. Oui, vous pouvez m'appeler monsieur Skippy. Alors, quand monsieur Skippy va se retourner du piano pour faire face à la chorale et qu'il lèvera la main pour diriger le chant, peut-être ne s'apercevra-t-il de rien. Mais il lui arrivera de remarquer votre arrivée ! Et alors voici ce qu'il dira peut-être : « Un miracle ! Un garçon est invisible et, à peine quelques secondes plus tard, le voilà devenu *visible* ! Comment est-ce possible ? Un banc vacant se transforme en banc occupé ! Ah, ce monde moderne ! Que vont-ils encore inventer ! Chantez bien, mes petits chanteurs d'été ! »

Monsieur Skippy tire son surnom de son pied infirme. Sa cheville est vraiment très maigre. On dirait presque un manche à balai. Et son pied ressemble un peu à une pantoufle. Flexible comme une pantoufle en cuir. Quand il marche, son pied claque sur le sol en faisant flac.

Flic-flac, flic-flac, voilà monsieur Skippy Skidmore qui approche.

Mais le plus drôle, c'est qu'il dirige la chorale avec son pied. Il claque du pied sur le plancher pour battre la mesure. Grâce au pied de monsieur Skippy, on connaît toujours le tempo quand on chante des hymnes.

« Ô Dieu qui de tout temps nous aides
Tu CLAC en CLAC pour CLAC… »

Nous répétons quelques hymnes, puis, après une petite pause, nous continuons à chanter.

Et pendant tout ce temps, monsieur George reste là, debout contre le mur, mains dans les poches, à nous regarder. Il porte d'épaisses lunettes, et on dirait parfois qu'il a plus que deux yeux. Il a les cheveux brun-roux, une petite bouche, des dents d'en bas qui avancent plus que celles d'en haut, une large poitrine et un gros derrière, mais sa taille est vraiment fine. Vers la fin de la répétition, il me fixe pendant un bon moment, puis il me fait un clin d'œil.

Et là, pendant que nous chantons encore, il se dirige vers un fauteuil capitonné sur lequel dort un beau gros chat que je n'avais pas encore remarqué. Le chat de la chorale. Penché au-dessus du fauteuil, monsieur George lui fait une petite caresse. Puis il se dirige de l'autre côté de la salle de répétition où il y a une sorte de cuisine et il revient avec de gros ciseaux.

Il soulève une longue cape blanche du dossier de la chaise, mais le chat dort sur le bout de la cape.

Monsieur George prend les ciseaux et coupe le bout sur lequel le chat est endormi, de façon à pouvoir prendre la cape sans le déranger ! Chanceux, ce chat !

Puis il enfile la cape, salue tous les gars de la main. Nous voyons alors la cape découpée passer la porte, puis nous entendons grincer la marche numéro neuf.

«Amen !» chante la chorale, et la répétition se termine.

Juste avant de disparaître par la porte, monsieur George a fait un autre clin d'œil à travers ses épaisses lunettes.

Encore une fois, c'est directement à moi qu'il s'adressait.

5

Le père idéal

Sur le chemin du retour, après la répétition de la chorale, Billy Batson et moi repassons devant le Little Theater et nous revoyons l'annonce du film *En route vers le Maroc,* mettant en vedette Bing Crosby. Je chante quelques-unes de mes chansons préférées à Billy, comme Bing Crosby les chante à Dorothy Lamour dans le film : *Moonlight becomes you. It goes with your hair... You certainly know the right things to wear...*[1]

Billy me demande si j'ai vu monsieur George couper sa cape, pendant la répétition, pour ne pas déranger le beau chat de la chorale.

Mais oui. Tout le monde l'a vu.

Quelle sorte de personne faut-il être pour faire une chose pareille ?

---

1. La lune te va bien, elle va bien avec tes cheveux... Tu sais vraiment comment t'habiller...

Nous nous disons que ce doit être quelqu'un de très gentil et délicat.

Je parle à Billy de la fois où mon père avait tiré d'un coup sec le foulard sur lequel mon chat dormait sur le lit. Cheap était allé voler contre le mur.

Quelle sorte de personne faut-il être pour faire une chose pareille ?

Nous nous disons que ce doit être quelqu'un de cruel et méchant.

Billy se remet à me parler de son père, qui est parti à la guerre il y a plus de cinq ans et qui devrait bientôt rentrer à la maison maintenant qu'elle est presque terminée.

Billy adore son père. Il lui apportait toujours des cadeaux et il l'emmenait partout – à la quincaillerie et au clos de bois, où ils achetaient plein de trucs qu'ils rapportaient à la maison pour construire toutes sortes de choses. Et ils passaient leur temps à creuser ensemble dans leur jardin.

Il me parle des vers qu'ils trouvaient. Ils les déposaient dans une cannette avec de la mousse et les gardaient précieusement dans la glacière jusqu'au moment où ils avaient la chance de descendre pendant la nuit jusqu'à la rivière des Outaouais, près des chutes Rideau. Ils pêchaient alors une grande quantité de barbottes et ils les ramenaient à la maison, et sa mère les faisait cuire, et ils s'assoyaient tous ensemble pour un grand festin de barbottes…

Nous repassons devant le restaurant Chez Imbro, où nous nous arrêtons un moment pour regarder par la fenêtre les gens qui engloutissent des coupes glacées. Sur une des banquettes le long du mur, je crois reconnaître monsieur George. Mais je ne vois que l'arrière de sa tête alors ce n'est peut-être pas lui.

À l'intersection des rues Rideau et Augusta, un écriteau est cloué au poteau de téléphone :

Danse dans la rue en l'honneur de
20 soldats rapatriés, récemment rentrés
au pays sur l'*Isle de France*.
Une intéressante soirée de fox-trot,
de valses, de *spot dancing* et de danses
du bon vieux temps.
Prix de présence et nouveautés, dont
une « course de grosses femmes » !
Un système de haut-parleurs extérieurs
sera installé.
Tout le monde est cordialement invité
à la fête.

Nous entendons la musique provenant des haut-parleurs. Nous bifurquons de ce côté, espérant voir courir les grosses femmes, mais trop tard : la course a déjà eu lieu.

Il y a des soldats qui dansent avec des filles, des enfants qui courent partout et des gens qui mangent en riant.

Le cheval qui tire la charrette à frites dort sur place, sans se laisser déranger par tout ce boucan.

Une copie du *Ottawa Journal* traîne sur un banc.

Je la ramasse au passage.

En marchant vers la maison, j'en lis quelques extraits à Billy.

Une femme poignarde son mari à mort avec un couteau de boucher pour un souper non cuit : son fils, Henry, 10 ans...
et
Une femme dort avec 27 chats dans son lit. Son mari couche dans la cuisine.
et
Tout comme le fait Veronica Lake, donnez-vous un masque facial quotidien avec la mousse crémeuse fouettée au savon de toilette Lux. Votre teint romantique charmera le cœur des hommes.

Il y a une photo de Veronica Lake avec sa belle chevelure qui lui cache un œil. Je la montre à Billy.

— SHAZAM ! dit-il.

Il va bientôt faire noir.

Une partie de football se déroule dans la rue Heney à côté du parc. Deux frères des écoles chrétiennes de l'école Brébeuf jouent avec leurs longues robes noires. Soulevant le bas de sa robe d'une main, un des frères tient le ballon à bout de bras devant lui. Et le voilà qui botte le ballon – si haut au-dessus du parc Heney qu'il disparaît presque. On peut voir les sous-vêtements du frère quand il botte.

Au tour de l'autre frère d'essayer de botter, mais il n'est pas très bon. Sa jambe monte plus haut que le ballon, s'entortille dans sa robe, et il tombe.

Tous les jeunes se mettent à rire.

Dans la rue Papineau, la grosse famille Horseball déborde par les fenêtres.

Chez moi, au numéro trois, j'entends des cris. Une bataille. Une dispute.

Billy me regarde drôlement. À quoi pense-t-il? À son père idéal?

Quand mes parents se chamaillent, mon frère jumeau, Phil, hurle et rugit.

Phil ne peut pas parler. Phil ne peut pas penser. Il ne peut même pas manger comme il faut. Ses aliments s'éparpillent dans tous les sens. Il ne peut pas aller aux toilettes par lui-même. Sauf dans ses couches, que ma mère lui change matin et soir. Et il passe son temps à se faire mal. Il faut toujours que quelqu'un soit avec lui.

Quand il est de bonne humeur, il s'amuse à courir en rond. Ou alors il dodeline de la tête. Agrippé au pied de son lit de fer, il lance sa tête par-devant et par-derrière dans une sorte de cercle : vers le plancher, vers le mur, vers le plafond, puis encore vers le plancher – sauf qu'il garde les yeux fermés – et il recommence son manège indéfiniment.

Je demande à Billy s'il veut qu'on fasse quelque chose. Échanger des bandes dessinées, peut-être, ou aller chez lui.

Non, il ne peut pas. Jamais Billy ne m'invite chez lui. Je n'ai jamais mis les pieds à l'intérieur du numéro sept, rue Papineau. Je suis allé chez Horseball très souvent, même s'il faut se tenir serré contre le mur tellement c'est bondé là-dedans.

Et nous sommes tous déjà allés chez Buz Sawyer, qui invitait tout le temps tout le monde. Il nous payait la traite et nous racontait des histoires.

Et je suis entré chez Lenny Lipshitz une fois, au numéro neuf de la rue Papineau, quand je suis allé lui rendre les cents qu'il m'avait donnés en trop après notre partie de JEU DE HASARD.

Sa mère m'a donné des galettes de poisson. Je n'ai pas aimé ça, mais je n'ai rien dit.

Lenny m'a dit qu'il aimait vraiment ça, mais je ne l'ai pas cru.

Mais je ne suis jamais entré dans la maison de Billy Batson. Ma mère m'a dit un jour qu'elle pensait que madame Batson avait honte de quelque chose.

Ou alors qu'elle cachait quelque chose. L'un ou l'autre, je ne me souviens pas trop.

J'aimerais bien voir un portrait de son père, de ce père idéal.

Bon alors, pas le choix, c'est chez moi, chez Martin O'Boy, que je dois aller. Là d'où viennent les cris et les hurlements.

Mon frère Phil est sans doute sous le lit à japper comme un chien.

6

Cheap et le jumeau parfait

Je suis assis sur le bord du lit de ma mère. Mon père est sorti en claquant la porte après l'engueulade. Phil dort dans notre chambre.

Ma mère me fait sentir le bébé qu'elle a dans son ventre. Il donne des coups de pied. Comme un petit poing qui frappe sous une couverture molle. Un autre coup. Il veut sortir. «Laissez-moi sortir. Je veux être dans le monde!»

Je parle à ma mère de la course de grosses femmes qu'ils ont organisée pendant la fête dans la rue.

— Mon Dieu, qu'est-ce qu'ils vont bien inventer après ça? Ces fêtes-là, franchement, ça dépasse les bornes. Quelle femme qui se respecte accepterait de participer à une compétition pareille? Toute cette chair flasque qui se brimbale, se ballotte et se brandille!

Ma mère me reparle des deux dames qui sont venues l'autre jour. Madame Ketchup et madame Dindon.

— Elles pensent que nous ne prenons pas bien soin de toi. Elles disent qu'à l'école, l'hiver dernier, tu n'étais pas habillé assez chaudement avec seulement ton gros chandail. Il paraît que tu as été surpris à JOUER À UN JEU DE HASARD et que, dans ton cours d'arts plastiques, tu as planifié de faire une activité violente durant l'été. Et elles ont vu les caoutchoucs que tu portes en guise de souliers. Demain matin à la première heure, tu vas aller te chercher des souliers avec le dollar que je t'ai donné.

Cheap entre dans la chambre et saute sur le lit avec nous. Son oreille manquante lui donne l'air triste.

Je me demande s'il s'inquiète de tout et de rien, comme moi. Est-ce qu'il lui arrive de s'en faire pour quoi que ce soit ? Est-ce qu'il se contente plutôt d'attendre passivement que quelque chose se présente ?

— Tu es le garçon parfait, me dit ma mère en me frottant les cheveux. Tu ne peux pas nous causer de problèmes, hein, mon chéri ? Phil en cause bien assez, tu ne trouves pas ?

Cheap se met à ronronner. Il s'installe confortablement.

Le bébé donne des coups de pied.

— Tu vas devoir garder Phil, demain, tu sais.

— Pourquoi donc?

— Ce sont les funérailles de grand-maman. Nous devons y aller.

— Pourquoi je ne peux pas y aller, moi aussi?

— Parce que tu dois garder Phil.

— Peut-être que madame Batson pourrait le garder, ou quelqu'un d'autre.

— Non, je ne pourrais pas lui demander ça. Il est impossible de demander à qui que ce soit de garder Phil.

— Pourquoi pas la mère de Horseball ou une de ses sœurs aînées? L'une d'elles le garderait peut-être?

— Non, je ne peux pas faire ça. Et ne l'appelle pas Horseball. Ce n'est pas bien. Appelle-le par son vrai nom. Au fait, c'est quoi, au juste?

— Horseball.

— Non. Son vrai nom.

— Horace, je pense. Quelque chose qui ressemble à ça.

De retour dans ma chambre, je regarde Phil, qui est endormi dans son lit. Il a l'air si calme. Je vais dans la salle de bains et là, dans le miroir, j'essaie de lui ressembler.

J'ouvre la bouche toute grande comme si je voulais hurler, j'agrandis les yeux tant que je peux et je tire mes cheveux en arrière très fort jusqu'à ce que l'image dans le miroir me fasse peur.

Je reviens dans mon lit, et Cheap se couche avec moi. Il s'installe à moitié sur l'oreiller à côté de moi.

Je pense que j'aime Cheap. Est-ce vrai?

Je ne sais pas si j'aime qui que ce soit.

Je chante *Moonlight Becomes You* à mon chat.

Il agite son unique oreille. Il aime Bing Crosby.

Quand je lui parle, Cheap garde les yeux bien fermés. Et s'il est sur le lit, il tire la couverture avec ses griffes – d'abord avec la patte droite, puis avec la gauche. Exactement comme le font les chatons quand ils tètent le lait de leur mère.

Quand je finis de parler, il ouvre les yeux tout grands et me regarde, puis il rétracte ses griffes.

— Hé, parle-moi encore, me dit-il. J'aime ça quand tu me parles…

Ma mère m'a dit que, quand les chats adultes agissent comme ça, c'est qu'ils n'ont pas reçu assez d'amour du temps où ils étaient bébés.

Bientôt, je vais lui apporter de la cataire. Il y en a plein qui pousse dans la cour de Lenny Lipshitz. Le père de Lenny m'a dit que, si j'en cueillais, je devrais payer dix cents pour une poignée. Mais Lenny m'a dit d'oublier ça, que je n'avais qu'à en voler dans sa cour, la nuit, quand le vieux serait endormi.

Cheap adore la cataire. Il se roule dedans, il se bat avec, et une sorte de folie s'empare alors de ses yeux. On jurerait que, s'il le pouvait, il se mettrait à chanter un gros tube tiré d'une comédie musicale – quelque chose comme *The Trolley Song*, qu'interprète Judy Garland dans *Le chant du Missouri*.

7

Des souliers neufs

La journée s'annonce chaude. Il faudra que j'aille chercher de la glace en revenant avec mes souliers neufs.

En montant la rue Clarence, je passe devant la buanderie Lee Kung. Il y a toujours de la vapeur qui sort par la porte. Ça sent les pommes de terre bouillies.

C'est jour de collecte des ordures ménagères dans la rue Clarence. Je longe la charrette à ordures. Les chevaux sont assaillis par les mouches à chevaux, et les éboueurs et la charrette sont assaillis par les mouches à ordures. Le gars qui lance les poubelles à celui qui est debout dans la charrette regarde les caoutchoucs attachés avec des élastiques que je porte en guise de souliers.

— Formidables, les souliers un peu spéciaux que t'as là ! s'écrie-t-il avant d'éclater d'un rire gras.

Une grosse mouche juteuse lui vole dans la bouche. Bien fait pour lui!

Le cheval de monsieur Lipshitz s'amène en claquant les sabots. Il tire monsieur Lipshitz et son amas de sommiers, de bouteilles, de papiers, de guenilles et d'os. Monsieur Lipshitz a l'air endormi.

Le magasin de chaussures Chez Lefebvre se trouve à l'angle des rues Clarence et Dalhoozie. De là, je peux voir le Théâtre français, plus haut dans la rue Dalhoozie. On y présente *Attention au fantôme,* mettant en vedette Abbott et Costello. C'est l'histoire d'un château hanté. Costello est assis à une table où une bougie se met à bouger. Et là, un mur se met à bouger, et Costello disparaît.

On fait la fête au magasin de chaussures Chez Lefebvre. Quelqu'un est revenu de la guerre. Il y a des sandwiches, du cola, de la bière et du whisky.

L'écriteau dans la vitrine annonce:

SOULIERS DE COURSE
À SEMELLES DE LIÈGE: 99 CENTS!

Un type pas mal soûl rit de mes caoutchoucs, arrache les élastiques et les lance à un autre type et à une fille qui mangent des sandwiches.

À l'autre bout du magasin, dans l'arrière-boutique, des gens chantent une chanson française qui sonne comme : *Mettez la cha-loupe à l'eau,* et une grosse femme rit à s'étouffer.

Mon gros orteil ressort d'un trou dans ma chaussette droite.

— C'est doux et frais, hein ? Parfait pour une chaude journée d'été ! C'est ce qu'on appelle de la climatisation ! La toute dernière innovation ! Hé ! Regardez-moi ça, vous autres ! La climatisation ! La toute dernière innovation !

Il sort une paire de souliers de course à semelles de liège d'un coffre où il y en a des tas. Il me les fait essayer et les lace trop serré. Ils sont beaucoup trop grands.

— Super ! déclare-t-il. Ils te font parfaitement !

Il se relève en chancelant un peu par en arrière.

— Je pense qu'ils sont trop grands, dis-je.

Il se penche et tâte un des souliers pour trouver mes orteils. Il le tire par en arrière de façon à déplacer mes orteils vers l'avant. Il tâte mes orteils.

— Tiens ! Voilà tes orteils, exactement où ils sont censés être. Ils te font parfaitement.

— Je pense qu'ils sont trop grands, dis-je.

— Tiens, j'ai une proposition à te faire : sors dehors et promène-toi autour du pâté de maisons. Essaie-les bien. Tu vas voir. Ils te font !

Regarde comme ils sont beaux! Et flambant neufs! Vas-y, essaie-les. Et n'oublie pas de revenir me donner les quatre-vingt-dix-neuf cents, hein!

Je sors du magasin et je remonte la rue Dalhoozie. Je passe devant le Théâtre français et je fais le tour du pâté de maisons.

Ces souliers sont tellement longs qu'ils claquent quand je marche. Chaque pas produit un claquement sur le trottoir. Un peu comme monsieur Skippy Skidmore, mais en deux fois pire.

Slap, flap, flap, slap!

Les gens sur le trottoir nous regardent, moi et mes souliers, et ils se chuchotent des commentaires.

Je reviens au magasin de chaussures Chez Lefebvre.

Je ne retrouve pas le type qui m'a envoyé essayer les souliers en faisant le tour du pâté de maisons.

La fête n'est plus aussi bruyante que tantôt. La plupart des gens sont partis. Une petite femme avec une grosse poitrine et bien des dents s'approche de moi. Je lui explique ce qui est arrivé.

— Les as-tu payés, les souliers? me demande-t-elle.

Devrais-je mentir? Hein, grand-maman? Je pourrais. Je pourrais dire *oui, je les ai payés, les souliers* et alors je pourrais garder le dollar, ni vu ni connu. Non. Mieux vaut ne pas mentir. Grand-maman est peut-être là qui me surveille.

— Non, dis-je en regardant la femme dans les yeux. Je ne les ai pas payés.

— Alors tu me dois quatre-vingt-dix-neuf cents.

Je lui donne mon dollar et elle me rend un cent.

— Merci, mon chou, dit-elle. Reviens nous voir !

— Mais ces souliers ne me font pas, dis-je. Ils sont trop grands, trop longs.

— Il est trop tard pour les échanger. Tu les as déjà portés pour aller dehors. Regarde, les semelles sont éraflées. Je ne pourrais plus les vendre à personne d'autre. On ne vend pas de souliers usagés Chez Lefebvre – un magasin établi à Ottawa depuis 1910.

— Mais ils sont si grands ! dis-je. Ils font *slap, flap*.

— Dommage. Qui t'a dit d'aller te promener dehors avec ces souliers ?

— Un homme. Un homme qui travaille ici.

— Aucun employé du magasin n'aurait fait ça. Il a dû dire ça en blague. On a fêté un peu ici, tantôt. Tiens, voici ce que je vais faire. Je t'accorde un rabais. Qu'en dis-tu ? D'accord ? Hein ?

Elle prend une pièce de dix cents dans le tiroir-caisse et me la donne.

— Tiens, dit-elle. Des souliers en solde tout spécialement pour un beau garçon gentil comme toi ! Bye-bye !

Je décide de rentrer chez moi par la rue Saint-Patrick : je ne veux pas que les éboueurs qui se sont moqués de mes caoutchoucs voient mes souliers.

Flap, slap, slap, flap font mes souliers tout le long de la rue Saint-Patrick.

8

L'araignée mygale

Ma mère est tout endimanchée : elle porte un chapeau mauve, un foulard en soie mauve et des souliers plats mauves. Son ventre est pas mal gros, et sa robe noire au col mauve ne lui va pas très bien. Elle n'en finit pas de la tirer vers le bas. Je reconnais le parfum qu'elle a mis sur son foulard en soie, derrière ses oreilles et sur ses poignets.

Je sais de quel parfum il s'agit : Blue Grass Eau de Parfum. Elle le range dans un tiroir spécial de sa commode, avec son foulard en soie, quelques bagues et des colliers. Le tiroir où je n'ai pas le droit de regarder.

Une fois, quand personne ne me surveillait, j'ai aspergé Phil de Blue Grass Eau de Parfum. Il n'a pas du tout apprécié et il s'est mis à hurler. J'imagine qu'il préfère garder son odeur habituelle.

Ma mère ne s'endimanche jamais.

Parce qu'elle ne va jamais nulle part.

Debout devant la porte, mon père fume des cigarettes. Il attend. Ils ne se querellent pas, pour faire changement. Mon père porte son plus beau chapeau, et ses souliers sont cirés. Il porte l'habit qu'il met tous les jours pour aller travailler, mais une cravate différente.

Ma mère pleure un petit peu.

Mon père remarque mes nouveaux souliers de course à semelles de liège.

— Ce sont de beaux souliers que tu as là, dit-il. Dommage qu'ils ne soient pas de la bonne grandeur.

Ma mère est toujours en retard. Ils se chamaillent pas mal à cause de ça. Ou alors elle reste dans la salle de bains trop longtemps – un autre gros sujet de dispute. Ou encore elle fait brûler le souper. Ou elle ne commande pas les bons aliments de chez Peter Devine, au marché.

Mon père se fâche souvent, et fort.

Mais il ne frappe jamais. Il m'a dit que son père à lui le battait avec un fouet, et c'est pour ça qu'il ne nous frappe pas, et qu'il ne le fera jamais.

Mais il peut hurler, par contre ! Et jurer et nous crier des noms par la tête et casser des trucs et renverser des chaises et claquer des portes et botter des bassines et toutes sortes

64

de choses à travers la maison. Une fois, il a projeté son pot de chambre dans l'escalier. Heureusement qu'il n'était pas trop plein. Il garde le pot de chambre près de son lit parce que ma mère passe tellement de temps dans la salle de bains, parfois, qu'il ne peut pas attendre.

Ça faisait environ une heure qu'elle y était, une fois, et il lui a crié à travers la porte :

— Qu'est-ce que tu fais, donc ? Es-tu en train de te laver avec un coton-tige ?

Vous vous imaginez ça : se laver tout le corps avec un coton-tige ? Un petit bâtonnet avec un peu de ouate au bout qu'on utilise pour se curer les oreilles !

Mon père, parfois, il me fait bien rire. D'une façon un peu cruelle.

Une autre fois que ma mère s'était renfermée dans les toilettes, il s'est mis à frapper la porte à coups de poing, si fort qu'elle en branlait.

— Tu vas le regretter ! criait mon père. C'est la dernière fois que je te le dis : je ne peux pas me retenir, alors ne viens pas me blâmer pour ce qui va arriver !

Alors il est allé dans la cuisine chercher une paille et un verre d'eau. Ensuite, il a rempli sa bouche d'eau, il a rentré la paille dans le trou de la serrure de la salle de bains et, là, il a soufflé un jet d'eau dans la salle de bains.

— Espèce de monstre ! vociférait ma mère.

— Je t'avais prévenue, gueulait mon père. Je t'avais dit que tu allais le regretter ! Un homme ne peut pas attendre indéfiniment qu'une femme sorte de la salle de bains. Il va faire n'importe quoi, l'homme, pour se vider la vessie !

Ils sont partis aux funérailles en tramway. Ils se rendent d'abord à l'église Sainte-Brigide puis, de là, au cimetière Notre-Dame.

Pour mettre grand-maman en terre. C'est ce que mon père a dit :

— Nous allons mettre grand-maman en terre.

Ça devrait être facile de garder Phil. Il est en haut en train de se branler la tête.

Je peux lire le *Ottawa Journal* en toute tranquillité pendant un moment. Dans le journal, il y a une photo d'une boîte de conserve de Spam, comme celles que nous avons dans la glacière. On raconte dans l'article que les troupes alliées de la Seconde Guerre mondiale, qui est presque terminée, ont mangé jusqu'ici deux cent cinquante millions de boîtes de Spam.

Je vais chercher du Spam dans la glacière et je me fais un sandwich avec du pain Pan Dandy. L'étiquette sur la boîte indique : *épaule de porc hachée avec jambon, sel, eau, sucre et nitrate de sodium.*

Là où il y a quelque chose d'écrit, je le lis. C'est plus fort que moi. Ma grand-mère m'incitait à toujours lire tout ce qui était écrit. «Lis tout ce que tu vois d'écrit», disait-elle.

Tout en mangeant mon sandwich au Spam, je pense à mon ami Buz Sawyer, qui a menti sur son âge pour aller à la guerre et piloter des avions.

Peut-être est-il en train de manger un sandwich au Spam en ce moment même, lui aussi. Moi et Buz. J'espère qu'il sera bientôt de retour.

Il nous manque, à moi et à Billy. Il nous protégeait toujours.

Je dépose le journal et je descends à la cave chercher un numéro du *National Geographic* de grand-maman.

Celui que je suis en train de lire parle des araignées.

Une grande illustration en couleur montre une araignée spéciale appelée mygale.

Les mygales creusent des terriers qui ressemblent à des tubes dans le sol, qu'elles scellent à l'aide d'un couvercle à charnière ou d'une trappe. L'araignée garde la trappe fermée avec ses griffes jusqu'à ce qu'elle sente les vibrations produites par des proies qui marchent sur le sol. C'est alors qu'elle se précipite hors de sa cachette, saisit sa victime et la traîne jusque dans son terrier.

Quand je lis ça, je m'imagine être la victime.

La mygale a de multiples yeux (huit), deux petites mâchoires et des griffes. Elle paralyse sa proie, puis frotte et écrase sa victime. Chacune de ses pattes se divise en sept segments. Le céphalothorax est séparé de l'abdomen par une « taille » étroite appelée pédicule.

J'approche l'image de l'araignée de mon visage et je plante mes yeux dans les siens. J'attends que ses huit pattes se jettent sur moi pour m'attraper. Qu'elles me saisissent, qu'elles me traînent au loin, qu'elles me paralysent, me frottent, m'écrasent.

Ça me fait peur, mais je n'arrive pas à détourner mon regard.

Billy Batson est à la porte. Et Phil est en train de descendre l'escalier. J'ouvre la porte, et Billy entre. Il aperçoit Phil, qui lui fait un peu peur.

— SHAZAM ! dit Billy et il ferme les yeux.

Il fait semblant de se changer en Capitaine Marvel, au cas où Phil se mettrait à faire des siennes.

Je montre à Billy le *National Geographic* qui parle des mygales. Je tiens la grande illustration de l'araignée devant son visage et j'essaie de l'hypnotiser. Phil tente de cogner sur le magazine. Il veut peut-être en déchirer les pages. C'est inutile : on ne peut rien faire quand Phil est là. Je range le magazine et je vais chercher le ballon en caoutchouc que mon grand-père faisait rebondir avec sa tête avant d'aller à l'hospice.

Nous nous assoyons par terre et nous faisons rouler le ballon entre nous pour garder Phil occupé. Le ballon roule dans le coin derrière le seau à couches de Phil. Le seau est tout cabossé – il a une grosse protubérance sur la moitié de sa hauteur.

— Tu vois, dis-je à Billy, c'est là où mon père a frappé le seau d'un coup de pied. Mon père a baptisé le seau «Old Faithful», c'est-à-dire «le vieux fidèle», et je sais pourquoi il l'appelle comme ça. Old Faithful, c'est un geyser qui se trouve dans un grand parc quelque part et qui lance de l'eau chaude dans les airs une fois par jour – sans exception. J'ai lu ça dans un *National Geographic.*

Ce jour-là, le sujet de la querelle entre mes parents était l'argent. Il n'y avait pas d'argent pour payer le laitier. Phil hurlait. Le seau plein de couches était là sur le plancher. Mon père l'a botté si fort que l'eau et les couches et tout ce qu'il y avait d'autre dans le seau ont volé directement au plafond, comme l'explosion d'un geyser souterrain.

— Directement au plafond, répète Billy en levant les yeux vers la tache.

Billy garde toujours Phil bien à l'œil. Phil peut être pas mal méchant parfois : il peut essayer de vous pousser en bas de l'escalier – qui sait –, ou de vous frapper avec un bâton, ou essayer de vous lancer une roche.

Billy me raconte que son père n'a jamais fait quoi que ce soit comme botter Old Faithful. Jamais il ne lui aurait crié par la tête et jamais il n'aurait ri de lui devant les gens.

Une fois – c'était en hiver – nous cassions de la glace devant notre porte pour créer une grosse flaque d'eau glacée qui s'écoulerait jusque dans la rue. Mon père et moi, nous cassions de la glace ensemble. Et voilà que Billy s'amène avec une hache pour nous donner un coup de main. Et là, après un moment, mon père déclare tout à coup que je ne casse pas la glace correctement, que Billy s'y prend bien mieux que moi, qu'il est un meilleur ouvrier que moi, que je ne suis qu'un outil inutile et voilà tout ce que je suis.

Un outil inutile.

Billy dit que son père a une belle voix douce, qu'il ne crie jamais et qu'il sent vraiment bon. Il se rappelle la bonne odeur de son père. Il sent le cuir, ou le tabac sucré qu'il met dans sa pipe. Ou le savon à raser. Mon père sent parfois l'Aqua Velva.

L'Aqua Velva, c'est un truc dans une bouteille, ça pique la peau après le rasage. Une fois que je regardais mon père se faire la barbe, je l'ai vu boire un bon coup de sa bouteille d'Aqua Velva.

Billy est chanceux d'avoir un père comme le sien.

Nous supposons qu'il devrait bientôt rentrer à la maison maintenant que la guerre est presque terminée. Lui et Buz.

Il n'y a rien d'autre à faire que de s'occuper de Phil.

On lui lit des passages du *Ottawa Journal*.

Une illustration montre une vache qui annonce du lait et de la crème glacée. La vache dit : « Si c'est Borden, il faut que ce soit bon ! » Nous lisons ça à Phil en essayant de prendre une voix de vache. Phil n'apprécie pas et se met à hurler. Puis nous lui lisons : « Les Rice Krispies de Kellog's font cric, crac, croc ! », et il hurle de plus belle.

Pour le calmer, nous allumons la radio et nous cherchons les émissions que ma mère écoute, l'après-midi. Nous écoutons *Road of Life, Ma Perkins, Pepper Young's Family* et *Right to Happiness*. La musique et les bavardages tranquilles de la radio apaisent Phil.

Cheap entre dans la pièce en bâillant.

L'angle du soleil s'incline dans la fenêtre.

Billy rentre chez lui.

Voilà mon père et ma mère à la porte.

Ils sont calmes. Pas de querelle.

Grand-maman est en terre maintenant.

9

«Voyons voir
qui vient vers moi!»

Une pancarte près de la porte de l'église protestante rappelle l'histoire de celui qui est devenu saint Alban. Je la relis, comme chaque fois que je viens aux répétitions de la chorale, même si je l'ai déjà lue. C'est plus fort que moi. La pancarte raconte comment saint Alban est devenu le premier martyr chrétien d'Angleterre.

Un martyr, c'est quelqu'un qui sacrifie sa vie pour les autres. Comme le beau garçon aztèque dont on arrache le cœur, j'imagine.

Il y avait un prêtre en cavale qui tentait d'échapper aux Romains, parce qu'à l'époque, si on était attrapé et reconnu comme chrétien, on était condamné à mort. Dans notre monde moderne, ça voudrait dire se faire frire sur la chaise électrique – dans la chambre des exécutions, comme dans les bandes dessinées que ma mère me défend de lire, du style *Le crime ne paie pas* ou *Sheena, fille de la jungle*, parce que Sheena ne porte jamais beaucoup de vêtements. Donc, un chrétien qui était attrapé se faisait d'abord flageller, et ensuite décapiter. Flageller, ça veut dire rouer de coups de fouet jusqu'à ce que la peau tombe en lambeaux.

Ce prêtre avait convaincu Alban, qui était un soldat romain, de devenir chrétien. Un soir, les soldats qui essayaient d'attraper le prêtre en cavale sont venus le chercher chez Alban, et Alban l'a caché sous un tas de foin. Puis Alban a enfilé les vêtements du fuyard et s'est livré aux soldats en disant que c'était *lui,* le prêtre.

Alors les soldats l'ont flagellé et, pour bien s'assurer qu'il ne le ferait plus jamais, ils l'ont décapité.

C'est ce qu'il faut faire pour devenir saint Alban.

J'entre dans l'église et je compte les dix marches jusqu'au palier obscur. Je suis en retard. J'entends les autres chanter. Un saut pour éviter la marche numéro neuf, agrippé à la rampe autour de laquelle je ne peux pas tout à fait enrouler les doigts. J'atterris sur le palier, je tourne à droite dans l'obscurité… il ne me reste que cinq marches à descendre.

Mais qu'est-ce qui se passe? Je sens quelqu'un près de moi.

— Chut, dit-il en posant ses grosses mains sur moi. Tu es en retard.

Il me soulève au-dessus des cinq marches jusqu'à l'entrée de la salle de répétition. Il jette un regard dans la pièce.

— C'est bon! dit-il. La voie est libre, vas-y!

C'est monsieur George.

Monsieur Skippy a la tête tournée. Je me glisse à ma place, je prends mon livre de cantiques et je me mets à chanter.

Monsieur Skippy se retourne au moment du «Amen».

— Un miracle! s'écrie-t-il. Un garçon est invisible et, à peine quelques secondes plus tard, le voilà devenu *visible*! Comment est-ce possible? Un banc vacant se transforme en banc occupé! Ah, ce monde moderne! Que vont-ils encore inventer! Chante bien, mon petit chanteur d'été!

Tout le monde sourit.

Monsieur George s'installe au piano. Il est à la fois pianiste et organiste d'été.

Pendant la récréation de la chorale, monsieur George organise un jeu pour amuser les jeunes choristes, alors que les plus vieux sortent dehors pour fumer en cachette. On recule toutes les chaises et tous les bancs. Et là, monsieur George fait semblant qu'il y a une ligne imaginaire au milieu de la pièce.

Il se place d'un côté de la ligne et il déploie ses longs bras, en se disant le gardien de but. Il étend et plie ses longues jambes – elles ont quelque chose de drôle, ses jambes, dans la façon dont elles se rejoignent –, il déploie ses longs bras et ses grosses mains, tout en se déplaçant d'un bout à l'autre de la ligne imaginaire.

Un à la fois, à tour de rôle, chaque garçon doit courir et essayer de passer de l'autre côté sans se faire attraper. Comme un ballon de soccer qui tente de déjouer le gardien de but, c'est-à-dire monsieur George. Il bouge à gauche, à droite, en avant, en arrière, avec son visage aux lunettes épaisses, ses cheveux brun-roux qui lui tombent sur les joues, ses dents d'en bas qui empiètent sur celles d'en haut.

À tour de rôle, les garçons viennent l'affronter.

— Je donne cinq cents à ceux qui me déjouent! Cinq cents si vous réussissez à toucher le mur! Tout le monde aura son tour.

Les yeux de monsieur George brûlent derrière ses épaisses lunettes, et ses cheveux brun-roux scintillent sous les lumières du plafond de la salle de répétition.

Le premier garçon tente sa chance. Il court vers monsieur George, puis se replie à la dernière minute sous son bras pour atteindre le mur. Monsieur George fouille dans la poche de son pantalon d'armée, en ressort une pièce de cinq cents et la lance vers le mur sans se retourner. Il ne nous quitte pas des yeux un seul instant. Avec ses lunettes épaisses et les lumières qui éclairent du plafond, il semble avoir plusieurs yeux. Il est en train de nous hypnotiser.

Le garçon ramasse la pièce de cinq cents qui a bondi contre le mur. Il saute de joie, crache sur la pièce et la met dans sa poche, qu'il tapote de la main.

— Facile ! s'écrie-t-il. Je veux un autre tour !

— Non, non, dit monsieur George. Il faut que tu retournes à la fin de la file. Tout le monde aura son tour ! Qui veut essayer, maintenant ? Allez, on y va !

Un autre garçon arrive en courant. On dirait un petit poisson. Il plonge entre les jambes bizarrement articulées de monsieur George et nage vers le mur. Tout le monde se réjouit bruyamment. Monsieur George lance une autre pièce de cinq cents par-dessus son épaule.

— Au suivant ! Au suivant ! Allez, dépêchez-vous ! Au suivant ! Voyons voir qui vient vers moi !

Le suivant, c'est Billy. Il s'approche.

— SHAZAM! crie-t-il.

BOUM! Comme un éclair, il esquive le bout de la main de monsieur George, aussi vite que le Capitaine Marvel. Cinq cents, s'il vous plaît!

À mon tour, maintenant.

Je pense aux fois où je joue au soccer avec une balle de tennis. Pour compter, je pousse la balle vers la gauche, puis je fais semblant de couper à droite, mais en fait je reste à gauche et je botte la balle dans le filet.

Je m'élance vers monsieur George et je bouge vers la gauche, puis je fais semblant de bifurquer vers la droite. Monsieur George se déplace à droite, et, pour un moment, je pense que je l'ai déjoué, mais voilà que mes souliers…

Je m'empêtre dans mes souliers, ces fameux souliers de course à semelles de liège achetés en solde Chez Lefebvre et beaucoup trop grands pour moi. Ils m'empêchent de revenir vers la gauche, et monsieur George me saisit, me tire et me serre contre lui. Je me tortille, pas content du tout, et j'essaie de me dégager, parce que je ne veux pas être le premier à me faire attraper.

Je déteste être bon à rien dans quelque chose.

Je sens ses moustaches rudes dans mon cou et son haleine chaude dans mes oreilles.

Mais ses bras se relâchent tout à coup, et il desserre son étreinte, et je l'entends crier :

— Il m'échappe ! Il est en train de se sauver !

Il me laisse m'esquiver, et je file vers le mur.

J'entends la pièce de monnaie tinter contre le mur. Elle a un son un peu différent. Elle est plus lourde, on dirait. Je la ramasse. Ce n'est pas une pièce de cinq cents.

C'est un gros vingt-cinq cents !

10

Un homme fou

Il se passe quelque chose, quelque chose
de grave dans la rue Papineau. On est en plein
milieu de la nuit, et tout le monde est debout
– même Phil. Mon père enfile son pantalon
en vitesse, et ma mère s'enveloppe dans sa
chemise de nuit, qui ressemble à une grande
serviette blanche avec une ceinture attachée au-
dessus de son ventre. J'habille Phil, et nous
sortons dans la rue.

Une grande foule s'est rassemblée. Deux
policiers munis de lampes de poche parlent
avec madame Batson.

Billy est là, de l'autre côté de la rue.

— Quelqu'un est entré dans la maison et,
là, il est à l'intérieur et il refuse de sortir !

Billy a peur. Il ne dit pas SHAZAM. Il
tremble. Les policiers projettent le faisceau de
leurs lampes de poche dans les fenêtres des
Batson.

La rue se remplit. Un fourgon cellulaire approche en faisant sonner ses cloches. Une bonne partie de la grosse famille de Horseball Laflamme est dehors à observer la scène. Peut-être sont-ils tous là. Lenny Lipshitz est là, et sa mère aussi. Et voilà son père. Il faut voir comme il est bien réveillé! Et là, madame Sawyer vient causer avec madame Batson, même qu'elle l'entoure de son bras, et madame Batson pose la tête sur ses épaules en sanglotant.

Tout un groupe de gens arrive de la rue Cobourg, et du bas de la rue Augusta, et même de l'autre côté d'Angel Square, qui sait?

On dirait presque une danse de rue, ou une fête.

— Il y a un homme fou dans la maison des Batson!

— Il a essayé de les tuer!

— Il n'arrêtait pas de cogner sur la porte, puis il l'a brisée parce qu'ils refusaient de le laisser entrer.

— C'est qui, au juste?

— On n'en sait rien.

— Pourquoi est-il fou? C'est quoi, son problème? Est-ce à cause de la guerre? Est-ce que c'est un soldat?

— Non, il ne portait pas d'uniforme. En tout cas, pas un uniforme de vétéran.

— On aurait dit des vêtements blancs. Comme des jaquettes d'hôpital.

— Il s'est peut-être échappé de l'asile d'aliénés.

— De la maison des fous.

— Y a pas mal de fous en liberté.

— M'est avis que c'est à cause de la guerre.

— La guerre est presque terminée, sauf pour les Japonais.

— Pensez-vous qu'ils vont finir par capituler ?

— C'est une question de temps.

— Je le croirai quand je le verrai.

Deux policiers enfoncent la porte. Quelque chose la tient fermée, mais ils réussissent à l'ouvrir et ils entrent avec leurs lampes de poche et leurs bâtons.

L'un d'eux est armé d'un fusil.

On entend pas mal de cris. Les policiers sortent de la maison en maintenant fermement un homme vêtu de blanc – un petit homme à l'air sauvage avec une grosse tête. Il a du sang sur les jointures, et sa joue saigne.

— Le policier lui a donné un coup de bâton en pleine poire !

Le fourgon cellulaire dirige son projecteur sur l'homme, que les policiers entraînent vers le véhicule. Ses pieds touchent à peine la chaussée. Chemin faisant, il fusille Billy des yeux. Son visage est rempli de quelque chose. De terreur. Et un de ses yeux n'est pas normal. Il a un œil de verre.

— Il est terrifié !
— Il est dingue !
— Aussi timbré qu'une lettre à la poste !
— Fou à lier !
— Il n'est pas tout là !
— Il a la cervelle fêlée !
— Mais c'est qui, au juste ?

La cloche du fourgon cellulaire se met à tinter. Phil hurle.

Les policiers reviennent dans la maison avec Billy et madame Batson, et ils referment la porte. On les voit dans le salon qui s'adressent doucement à la mère de Billy. Le fourgon est reparti.

Les gens se dispersent. La fête est finie.

Tous les Laflamme rentrent chez eux. Comment peuvent-ils tous s'entasser là-dedans ?

Il ne reste presque plus personne dehors. Mon père porte Phil jusque dans la maison. Ma mère et madame Sawyer causent en hochant la tête. Puis madame Sawyer rentre chez elle et referme sa porte tout doucement, sans faire de bruit. Les lumières s'éteignent dans la rue Papineau.

Il reste ma mère et moi. Debout devant notre escalier. Elle plonge son regard dans le mien. Dans mes yeux. Je lis une profonde tristesse sur le visage de ma mère.

— Cet homme, me dit-elle, c'est le père de Billy Batson…

Le père de Billy Batson !

11

Pauvre Billy

Je me réveille en criant. J'ai fait un horrible cauchemar. J'ai rêvé que je me réveillais et que j'étais exactement comme Phil. Je ne pouvais ni parler, ni penser, ni aller aux toilettes, ni attraper une balle. Mon reflet dans le miroir était horrible, je ressemblais à un poisson, j'avais le nez qui coulait, des aliments qui pendouillaient de ma bouche, des sécrétions jaunes au coin des yeux, les dents croches… et je hurlais comme un animal blessé…

Dans mon rêve, je suis sorti dehors. Phil essayait de faire frire un œuf sur le trottoir.

Phil parle. Il donne une explication scientifique : « S'il faisait 35 °C un jour d'été comme aujourd'hui, et si le ciment était suffisamment neuf et bien lisse, le sable dans le mélange de ciment ayant un haut taux de minéraux conductibles, il est concevable que quelqu'un puisse littéralement faire frire un œuf sur le trottoir… » L'œuf grésille sur le trottoir. J'essaie de dire

«Phil», mais ma bouche ne fonctionne pas. Soudain, Phil rampe vers moi comme un crabe et se cramponne à ma jambe avec des mâchoires énormes… J'ai beau tirer de toutes mes forces, je n'arrive pas à lui échapper… J'essaie de le tuer avec une grosse barre de fer…

Tandis que je me réveille en criant, encore tout imprégné de mon cauchemar, j'aperçois Phil qui me regarde, couché sur le côté dans son lit.

Je me lève, je descends Phil en bas et je me sers des Cric crac croc. J'essaie d'en faire manger à Phil pour aider ma mère, mais il recrache presque tout et, ensuite, il essaie de jeter mon bol sur le plancher.

Ma mère me reparle du père de Billy.

— Tu peux te compter chanceux, dit-elle. Au moins ton père à toi est dans la catégorie *normale*. Enfin, en quelque sorte.

C'est l'heure d'aller chercher de la glace, alors je sors ma wagonnette de la remise.

Notre bassin en émail gît à l'envers dans l'escalier d'en avant. Mon père l'a probablement botté dehors en partant au boulot. Il travaille pour la fonction publique, qu'il appelle «service d'argent»[2]. Son bureau se trouve dans le gros

---

2. En anglais, «Civil Service», qui veut dire «fonction publique», et «Silver Service», qui veut dire «service d'argent», présentent un jeu de mots basé sur une assonance intraduisible. NDT

Édifice Connaught de la rue Sussex. Il l'appelle «l'Édifice Cannot»[3].

L'Édifice Cannot de la rue Such and Such[4], au lieu de la rue Sussex.

Ça lui arrive souvent de lancer notre bassin en émail à coups de pied : au bas de l'escalier, dans la cave ou dans la cour, ou alors vers le haut pour frapper le mur. Le bassin est tout bosselé et il ne lui reste guère d'émail.

De temps à autre, il botte encore le seau à couches Old Faithful, mais moins souvent qu'avant parce que sa protubérance est devenue si grosse que le geyser ne monte plus aussi haut que la fameuse première fois.

En remontant les rues Saint-Patrick et Saint-Andrew, je repense à ce que ma mère a raconté au sujet du père de Billy. Les Batson ont déménagé rue Papineau il y a environ six ans – avant la guerre, donc –, et ma mère a toujours trouvé étrange l'histoire de madame Batson, qui affirmait que son mari avait été envoyé outre-mer avant même que la guerre soit déclarée. C'est madame Batson qui a fait croire à Billy que son père était un héros de guerre, et Billy a imaginé le reste, c'est-à-dire à quel point il était formidable et obligeant envers tout le monde,

---

3. «Cannot» (ou «can not») veut dire «ne peut pas». Un autre jeu de mots intraduisible. NDT

4. «Such and such» veut dire «tel ou tel». Encore un jeu de mots intraduisible. NDT

et tout ce baratin à propos des choses qu'ils construisaient ensemble, de sa senteur agréable et de sa grande gentillesse.

Pauvre Billy !

Ils ont enfermé son père dans une maison de fous parce que quelque chose est arrivé à son cerveau, et qu'il s'est mis à attaquer les gens. Il sautait sur des inconnus et il les pourchassait.

Des bouteilles cassées, des serpentins et des chapeaux de fête jonchent la rue Saint-Andrew. Sans doute y a-t-il eu une autre grande danse de rue pour les rapatriés, hier soir.

Je me demande quand Buz va revenir. Bientôt, j'espère.

Hé ! Mais c'est Ketchy Balls qui s'en vient ! Je me cache derrière un poteau de téléphone. Il ne me voit pas. Il doit habiter près d'ici. Jamais je ne l'ai vu pendant l'été. Il paraît différent. Quasiment humain. On dirait presque une vraie personne. Il ne porte pas son habit. Il n'a probablement même pas son bâton sur lui. Mais on ne sait jamais. En fait, il doit sans doute l'avoir. Il doit frapper les enfants tout l'été, seulement pour s'entraîner.

Une fois, à l'école, Ketchy Balls m'a dit que je ne pouvais pas aller à la récréation avec le reste de la classe, parce qu'il voulait que je l'aide pour un boulot qu'il devait faire. Ketchy

Balls n'enseigne pas seulement les maths, il est aussi prof d'éducation physique. Le boulot en question, c'était d'aller dans une pièce à débarras, de verrouiller la porte et de gonfler des ballons de basket et de soccer avec une pompe à bicyclette.

La pompe était difficile à manier, même à deux mains j'avais du mal à enfoncer le manche, alors il a posé sa grosse main poilue par-dessus les deux miennes. Mais il serrait si fort en poussant la pompe vers le bas qu'il m'a presque brisé les doigts, et que des larmes me sont montées aux yeux.

— Ne sois pas si douillet ! a-t-il chuchoté dans mon oreille, tout en serrant encore plus fort. Et que je ne t'entende pas crier, sinon tu auras droit à mon bâton secret.

Le marchand de glace E.A. Bourque ICE/GLACE est à un pâté de maisons d'ici dans la rue Saint-Andrew. Je sens déjà l'odeur du bran de scie humide.

Il fait sombre et frais dans la glacière. J'adore cet endroit.

Je traîne ma wagonnette à l'intérieur. Il faut d'abord passer au bureau, donner une pièce de dix cents au type qui est là et obtenir un ticket. Ils sont toujours deux, là-dedans. Ils boivent de la bière et discutent de la guerre. Ils auraient bien voulu y aller, mais… la prochaine fois, peut-être.

Je sors du bureau et je m'enfonce au creux de la glacière. Je donne mon ticket à un bonhomme dont la tête me rappelle le pot de chambre de mon père.

— Salut bien, beau gars, me dit-il. Où t'as pris tes galoches ?

— Au magasin de chaussures Chez Lefebvre.

— Qu'est-ce qu'elles ont qui ne va pas ? demande-t-il.

— Elles n'ont rien qui ne va pas, dis-je.

— Elles sont trop longues, pas vrai ? Avec ces pieds-là, t'as l'air d'un pingouin.

— Et vous, votre tête me fait penser au pot de chambre de mon père, dis-je tout bas.

— Qu'est-ce que t'as dit ?

— Rien, dis-je.

— Un beau gars qui se pense aussi fin que toi mériterait une bonne taloche derrière la tête ! dit-il en déposant un bloc de glace dans ma wagonnette.

Il est plus petit que d'habitude.

— Si tu te dépêches, possible qu'il en reste un peu quand tu vas arriver chez toi ! Espèce de petit blondinet qui se pense trop fin !

Je descends la rue Saint-Andrew, puis la rue Saint-Patrick, en tirant la wagonnette, et voilà Billy qui vient à ma rencontre. Il sait que c'est le jour où je vais chercher de la glace. J'essaie de la garder à l'ombre. L'eau a déjà commencé à dégoutter. Elle laisse une traînée dans le sillage de la wagonnette.

— Mon père dit qu'on pourrait faire frire un œuf sur le trottoir, aujourd'hui, tellement il va faire chaud, dis-je à mon ami.

— Mon père disait ça tout le temps, lui aussi, dit Billy.

Je le regarde. Je vais le lui dire. Et ça y est, je lui dis :

— Madame Sawyer a dit à ma mère que l'homme de la nuit dernière, c'était ton père.

Billy me regarde.

— SHAZAM ! dit-il. Madame Sawyer dit des menteries.

— Qui c'était, l'homme fou de la nuit dernière ?

— Je ne sais pas. Rien qu'un homme très, très fou, j'imagine.

Il y a un homme avec un chien sur la véranda d'une petite maison de la rue Saint-Patrick, juste à côté de la cordonnerie Petigorsky. L'homme n'en finit pas de flatter l'animal, de lui frotter le ventre et de le faire rouler par terre. Il aime son chien, ce bonhomme-là.

Billy ne peut détourner son regard de l'homme et de son chien. Ils ont tellement de plaisir ensemble. Ils s'aiment tellement, tous les deux.

Billy aurait envie d'être ce chien-là.

12

Les tuyaux d'orgue

Nous arrivons un peu en avance à la chorale, Billy et moi.

Monsieur George nous fait monter au jubé, avec trois autres petits chanteurs d'été, pour voir les tuyaux de l'orgue. La pièce se trouve dans l'église, au-dessus de l'autel. C'est de là que provient toute la musique d'orgue. À part Billy et moi, il y a Dick Dork, Darce the Arse et Dumb Doug.

C'est Billy qui leur a inventé ces noms. En fait, nous ne savons pas comment ils s'appellent.

Nous montons un escalier à pic derrière l'autel.

Monsieur George ouvre la porte du jubé avec une clé, et, ensuite, je le vois qui lève le bras pour remettre la clé sur le clou. Très haut à côté du cadre de porte.

— C'est un endroit inaccessible, mes petits chanteurs d'été, dit monsieur George. Personne n'a le droit de venir ici à moins d'être avec moi. Est-ce clair?

Dans la pièce, des rangées de tuyaux verticaux se tiennent bien droit. À un bout de la rangée, ils sont aussi gros et ils montent aussi haut que des tuyaux de poêle. À l'autre bout, ils sont aussi minces et aussi courts que de petites flûtes. Chaque tuyau a un trou oblique percé dans sa partie supérieure, comme dans un sifflet. Le dessus de chaque tuyau est ouvert. Il est muni d'un manchon que monsieur George peut monter ou descendre pour allonger ou raccourcir le tuyau. C'est comme ça qu'il accorde l'orgue. Pour s'assurer que les notes soient justes. S'il allonge un tuyau, même juste un tout petit peu, cette note-là sera un tout petit peu plus basse. S'il rabat le manchon pour raccourcir un peu le tuyau, la note que produira ce tuyau sera un peu plus haute.

Chaque touche de l'orgue, qui est en bas, près de l'autel, est reliée à l'un de ces tuyaux.

Les tuyaux de la grosseur des tuyaux de poêle produisent les notes graves. Les tuyaux minuscules à l'autre bout produisent les notes aiguës.

Il y a un escabeau dans le jubé: les gros tuyaux de poêle sont tellement hauts qu'il faut grimper dessus pour faire bouger les manchons.

— Maintenant, les gars, attendez ici et ne vous avisez pas de toucher à quoi que ce soit ! Contentez-vous de rester là, et je reviens tout de suite, dit monsieur George.

Il quitte le jubé et ferme la porte. Puis les lumières s'éteignent.

Monsieur George a tôt fait de descendre à l'orgue. Par les fentes du mur, nous le voyons s'asseoir. Voilà que des notes minuscules commencent à sortir des tuyaux les plus fins – les petites flûtes –, un flot de notes aiguës, délicates, aériennes qui montent et qui descendent comme une jolie cascade d'eau ou le doux tintement de la pluie.

Puis les gros tuyaux se mettent à jouer – on dirait des clairons, des klaxons d'automobiles, le coup de sifflet du moulin à papier. Et le bruit, dans la pièce plongée dans la noirceur quasi totale, commence à nous faire mal aux oreilles.

Mais le son continue de monter, les notes deviennent plus graves, et ce sont les tuyaux encore plus gros qui se mettent à souffler – le mugissement des taureaux, le sifflement des trains. Je vois la silhouette des autres petits chanteurs d'été qui se bouchent les oreilles à deux mains. Puis les tuyaux les plus gros de tous se mettent à marteler, à mugir et à gronder comme le tonnerre, à se déchaîner, à vrombir et à exploser comme s'il y avait un tremblement de terre ou un volcan en éruption, et la pièce au grand complet tremble, vibre et frémit, au point où les notes graves semblent monter le long de mes jambes et jusque dans mon cœur, et finissent par bouillonner dans mon cerveau jusqu'à ce que mon corps soit agité d'un tressaillement, et holà! je vais m'effondrer, le plancher s'ouvre, la pièce se met à tournoyer autour de nous…

Voilà que la musique s'arrête tout d'un coup. Le silence résonne dans nos oreilles.

Je viens de plonger dans le vide du haut d'une falaise.

Les lumières se rallument.

— Est-ce que ce n'était pas amusant, mes petits chanteurs d'été? demande monsieur George en ouvrant la porte. Eh bien maintenant, descendons retrouver monsieur Skippy et chanter avec toute l'ardeur de nos petits cœurs, d'accord?

13

Cinéma

Au Théâtre français, aujourd'hui, une longue file attend pour voir le film *Assurance sur la mort,* mettant en vedette le comédien préféré de Billy, Fred MacMurray. Nous l'avons déjà vu. Fred MacMurray est le comédien préféré de Billy, parce que c'est le portrait tout craché du Capitaine Marvel. À moins que ce soit le Capitaine Marvel qui soit le portrait tout craché de Fred MacMurray? Lequel est lequel?

— Le Capitaine Marvel vit depuis toujours, raisonne Billy. Il est immortel. Ce qui signifie qu'il était là avant, donc on doit dire que c'est Fred MacMurray qui ressemble au Capitaine Marvel.

— Oui, mais comment a-t-il fait? dis-je. Comment arrive-t-on à ressembler à quelqu'un comme le Capitaine Marvel?

— Il faut vraiment essayer très fort, j'imagine, dit Billy.

Bien sûr, Fred MacMurray n'est pas vêtu d'un habit rouge décoré d'un éclair jaune sur la poitrine ni d'une cape blanche bordée de jaune, et il ne porte pas de chaussures jaunes.

Dans *Assurance sur la mort,* Fred a un habit pareil à celui que mon père porte pour aller travailler au Service d'argent. Mais il a de gros sourcils, un menton carré et des cheveux couleur d'encre, tout comme le Capitaine Marvel.

Dans le film, une femme au long nez, appelée Barbara Stanwyck, persuade Fred d'assassiner son mari, Edward G. Robinson. Quel idiot, ce Fred!

Billy et moi, nous avons trente cents : les vingt-cinq que m'a donnés monsieur George, et les cinq que Billy a reçus de lui quand il l'a l'esquivé pour aller toucher le mur.

Il nous en faut davantage.

Nous voulons commander deux frites et deux colas à la cerise au restaurant White Tower, et ensuite aller au cinéma du Trou-du-rat et acheter deux grosses portions de maïs soufflé et deux boissons gazeuses à l'orange (format moyen).

Voilà ce qu'il nous faut :

Deux portions de frites :	2×10 cents =	20 cents
Deux colas à la cerise :	2×6 cents =	12 cents

Deux billets pour le Trou-du-rat :	2×10 cents $=$	20 cents
Deux portions de maïs soufflé :	2×5 cents $=$	10 cents
Deux boissons gazeuses à l'orange :	2×5 cents $=$	10 cents
	Total :	72 cents

Argent que nous avons reçu de monsieur George :	30 cents
Argent qu'il nous manque :	42 cents

Nous descendons l'allée derrière le cinéma et nous levons la tête pour vérifier si la sortie de secours en cas d'incendie, à l'étage, est ouverte. Parfois, un bâton mis en travers de la porte la garde entrouverte. Oui, il est bien là.

J'ai un plan.

J'ai apporté ma canne à pêche et le plomb que j'utilise pour m'introduire dans le cinéma sans payer. J'enroule le plomb autour d'un des barreaux de l'échelle de fer, et nous la tirons jusqu'au sol. Puis je reviens à l'entrée du cinéma et je me promène le long de la file d'attente. La chance me sourit tout de suite ! Je reconnais Dick Dork et Dumb Doug.

Je leur dis qu'au lieu de payer treize cents pour aller voir *Assurance sur la mort,* ils peuvent entrer pour dix cents s'ils font ce que je leur dis. Ils me donnent leurs pièces de dix cents, et je les entraîne à l'arrière, où je leur dis d'attendre avec Billy jusqu'à ce que j'aie trouvé deux autres personnes.

Ça ne me prend pas grand temps.

C'est facile de trouver deux jeunes qui veulent économiser trois cents chacun. Avec six cents, on peut acheter de délicieux raisins couverts de chocolat. J'empoche leurs pièces de dix cents.

De retour à l'arrière, je leur explique comment procéder : ils doivent entrer tous en même temps et, une fois à l'intérieur, rester au ras du sol et se faufiler vers l'allée. Je leur parle aussi du rideau, dont il faut agripper le bas :

— Si vous le lâchez, il va se soulever, et ça produira de la lumière, dis-je. Et là, les placeurs vont accourir pour vous flanquer des taloches et pour vous jeter dehors.

Les jeunes paraissent apeurés. Apeurés, mais excités aussi.

Et les voilà qui grimpent.

Lorsqu'ils ont atteint le palier, nous lâchons l'échelle, et elle remonte hors de notre portée.

— Penses-tu qu'ils vont réussir ? demande Billy.

— S'ils font ce qu'on leur a dit de faire, oui.

Une fois sur le palier, ils s'accroupissent les uns contre les autres. C'est comme s'ils essayaient de décider lequel des quatre entrera le premier. Tiens, on dirait qu'ils ont désigné Dumb Doug, parce qu'il est le plus gros.

Mais au lieu de ramper à l'intérieur comme je le lui avais dit, Dumb Doug agrippe la porte, l'ouvre toute grande et pénètre dans le cinéma. Les trois autres entrent à sa suite.

Billy et moi tournons le coin et nous regardons à la dérobée. Comme de fait, très bientôt un placeur pointe une tête dans la sortie de secours pour scruter les environs. Puis la porte se referme. Il n'y a plus de bâton qui la garde ouverte pour laisser entrer de l'air frais.

Il fera particulièrement chaud, aujourd'hui, au Théâtre français, ça, c'est sûr. Et ça va puer toutes les senteurs de parfum, de pieds malodorants, de cigarettes, de pets et de maïs soufflé ranci.

Nous revenons devant le cinéma, traversons de l'autre côté de la rue et observons les placeurs qui sortent les quatre jeunes par leur collet de chemise. Bottés dehors.

Nous remontons la rue Dalhoozie et entrons au restaurant White Tower, qui n'est pas une tour, malgré son nom – seulement une petite bâtisse carrée parée à chaque coin d'une fausse tourelle de château. Le toit est tellement bas que Buz Sawyer pourrait sans doute l'atteindre et poser la main dessus.

À l'intérieur, il y a un comptoir bordé de cinq tabourets rouges.

Les frites sentent délicieusement bon, surtout avec le sel et le vinaigre. Il nous manque deux cents pour des colas à la cerise, mais les colas ordinaires feront l'affaire.

— Je me sens un peu mal qu'ils se soient fait prendre, avoue Billy.

Je ne dis rien.

— Pas toi? me demande Billy.

Je le regarde droit dans les yeux. Est-ce que je devrais, grand-maman? Le regarder en pleine figure et croire à ce que je dis. Je lui réponds (mais je mens):

— Non, je ne me sens pas mal. Tant pis pour eux. Ils n'ont pas fait ce qu'on leur avait dit.

Nous passons devant la gare Union et le Château Laurier. Il y a un petit défilé avec des tambours, un trombone, et des soldats qui viennent de rentrer au pays, la guerre étant presque terminée.

Nous voyons des gamins montés sur les chevaux de fer du monument commémoratif de guerre du Canada.

Dans la rue Sparks, une grosse bataille a éclaté devant le resto-midi Chez Bowle: des soldats roulent par terre, des policiers et des filles poussent des cris. La grande vitre du restaurant est fracassée, et des éclats de verre jonchent la chaussée. Des clients sont restés assis dans le restaurant et mangent de la purée de pommes de terre en commentant la bataille.

Près de la fenêtre démolie, un marin embrasse une fille.

Plus haut dans la rue Sparks, j'aperçois mon père, qui entre dans l'édifice de la société de prêts Household du Canada. Il ne m'a pas vu. Ma mère et mon père n'en finissent pas de se quereller à propos de la société Household du Canada.

Dans la rue Banks, une section du *Ottawa Journal* traîne sur le trottoir. Je la ramasse et je commence à lire. Il le faut. C'est plus fort que moi.

Croyez-le ou non! par Ripley. Vous êtes à l'ombre, et il fait 30 °C; or, il existe un endroit, à seulement 10 kilomètres de là, où la température est à moins 51 °C! Où est-ce?

«Des peaux de banane frites dans de la crème hydratante goûtent un peu comme des frites!» (affirme un ex-prisonnier de guerre qui a été détenu pendant trois ans.)

La Terre va-t-elle exploser? La guerre atomique est-elle pour bientôt?

Le corps humain a 206 os et 696 muscles…

Un organiste est à la recherche d'un tourneur de pages…

Des soldats se sont rencontrés au parc Lansdowne…

Le cinéma du Trou-du-rat de la rue Banks est, en fait, le cinéma Rialto, mais tout le monde l'appelle Trou-du-rat parce que, paraît-il, les gens qui s'assoient dans l'obscurité sentent les rats sautiller autour de leurs chevilles et se battre pour attraper le maïs soufflé ou les bonbons qui traînent par terre.

Trois films d'Alan Ladd pour dix cents !

Quelle aubaine !

Billy et moi portons un petit toast à monsieur George avec notre boisson à l'orange. Il n'y a pas de tintement quand nos verres se touchent, puisqu'ils sont en papier.

Pas comme dans les films.

On aperçoit Alan Ladd là-haut à l'écran.

Mais voilà que l'écran vire soudain au brun. Alan Ladd disparaît, une odeur de fumée nous parvient, et les lumières se rallument. Là, tout le monde se met à gueuler, et un homme s'amène sur la scène devant l'écran pour annoncer qu'il n'y aura que *deux* films d'Alan Ladd au lieu de trois, parce que le troisième vient de brûler dans la salle de projection et que « c'est ça qui est ça ! Et si quelqu'un veut ravoir son argent, eh bien ! c'est dommage, mais il ne l'aura pas. Et maintenant, voici deux excellents films d'Alan Ladd, alors amusez-vous bien, sinon vous pouvez fiche le camp chez vous, et puis de toute façon faites bien ce que vous voulez, on s'en fout pas mal… »

Dans le film *La clé de verre*, Alan Ladd porte un long manteau à larges épaulettes et un chapeau pareil à celui de mon père. Il ne les enlève presque jamais, ni l'un ni l'autre.

Il y a une fois – quand il est à moitié mort sur un lit d'hôpital – où il n'a pas son chapeau. Et une autre fois où il n'a ni chapeau *ni* manteau, quand le méchant William Bendix le lance contre le mur comme une vulgaire balle de caoutchouc, et une dernière fois quand deux autres voyous essaient de le noyer dans une baignoire d'eau glacée.

William Bendix met un oignon entier dans un sandwich et le fourre dans sa bouche en une seule fois tellement il est cochon, et, pendant ce temps, Alan Ladd met le feu au matelas auquel il est attaché et s'enfuit en fracassant une fenêtre et en passant à travers un lanterneau en verre. Son visage n'est pas beau à voir, mais, le lendemain, quand Veronica Lake entre à l'hôpital avec ses cheveux qui lui retombent sur l'œil, Alan Ladd est redevenu le bel homme qu'il était au départ. Et on devine, rien qu'à entendre la musique et à voir la façon dont les lèvres pulpeuses de Veronica ont l'air de mesurer deux étages de haut sur l'écran, qu'elle brûle d'envie de l'embrasser.

— SHAZAM ! chuchote Billy.

Je repense tout à coup à une fille de mon école, Géranium Mayburger. Elle avait mis une photo d'Alan Ladd dans un cadre que sa mère lui avait acheté pour son anniversaire au magasin Woolworth de la rue Rideau. Géranium avait placé la photo sur son pupitre et elle était en train de l'embrasser pendant que l'enseignant, monsieur Blue Cheeks, donnait un cours d'histoire qui portait sur la guerre. Mais il l'a vue faire, et, là, il y a eu un grand moment de silence. Puis l'enseignant est devenu pourpre et lui a arraché le cadre, qu'il a lancé dans la corbeille à papier, où il a volé en éclats.

Dans l'autre film, *Tueur à gages,* Alan Ladd est un bon gars. Il se lève le matin, habillé de la tête aux pieds, et il verse une soucoupe de lait à son petit minou avant de tirer à bout portant sur un type dont la secrétaire essaie de faire une tasse de café.

Veronica Lake fait des tours de magie tout en chantant pour de vieux ivrognes assis à des tables. Alan Ladd monte dans un train avec elle, et on finit par apprendre qu'elle est une espionne de guerre.

Avec sa chevelure qui lui retombe sur l'œil droit et ses lèvres pulpeuses, Veronica se foule la cheville. Le gros bonhomme qui passe son temps à sucer des pastilles à la menthe, eh bien! c'est un traître. Et là, les flics arrivent et descendent Alan Ladd, qui ne peut pas fermer l'œil parce que son chat est mort.

«Vous m'avez sauvé la vie», lui dit Veronica Lake, et Alan Ladd, même s'il est mort, répond : «Merci!» – on ne comprend pas trop pourquoi –, et ça finit comme ça.

En remontant la rue Sparks, nous repassons devant la vitre fracassée de Chez Bowle. Ils ont posé un grand panneau à la place de la vitre, et tous les éclats de verre ont été ramassés. Plus bas dans la rue, des gens de l'Armée du Salut jouent de la musique. Près du monument commémoratif de guerre, quelqu'un prononce un discours, et il y a beaucoup de soldats et de filles alentour.

Plus haut dans la rue Rideau, Billy entre dans la bibliothèque publique, et je poursuis ma route vers chez moi. Par les fenêtres de Chez Imbro, je vois des gens manger des coupes glacées. S'il me restait des sous, je m'en achèterais une. Peut-être monsieur George me donnera-t-il une autre pièce de vingt-cinq cents ce soir à la chorale.

Il semble être un homme gentil.

C'est bien ce qu'il a fait avec sa cape pour le chat de la chorale.

C'est bien d'avoir découpé sa cape pour ne pas avoir à le réveiller.

14

Un tic à la Bing Crosby

Branle-bas de combat ! La mère de Horseball a gagné une cuisinière électrique au Bingo
Monstre, hier soir ! Une valeur de deux cents
dollars ! Ça ne lui a coûté que cinquante cents
pour jouer vingt et une parties. Cinquante cents
pour une cuisinière flambant neuve !

Elle trône sur le trottoir devant la maison
des Laflamme. Tout le voisinage se rassemble
autour pour la regarder, pour la tâter… Elle
est si blanche, si brillante ! Une Westinghouse
– la meilleure marque, affirme quelqu'un.

La mère de Horseball raconte à qui veut
l'entendre comment ça s'est passé. Il faisait
tellement chaud à l'Auditorium qu'on avait
installé des blocs de glace avec de gros venti-
lateurs au-dessus pour rafraîchir les joueurs et
éviter que les cartes de bingo leur collent aux
bras, ou qu'ils transpirent trop abondamment
dessus.

Quelques petites Laflamme font semblant de cuire des trucs sur la cuisinière.

— Je fais le souper !

— Non, c'est moi qui vais le préparer !

— Non, c'est moi !

Elles se bousculent pour occuper la place devant la cuisinière.

Puis le père de Horseball et quelques-uns de ses frères soulèvent l'appareil et le rentrent dans la maison.

— Faites bien attention ! les avertit madame Laflamme. N'allez pas égratigner la cuisinière neuve dans le cadre de porte. Attention !

Par trois fois, le père et les frères de Horseball cognent la cuisinière flambant neuve contre le cadre de porte. Tout le monde crie et se bouscule, chacun voulant être le premier à rentrer dans la maison après la cuisinière. Certains des plus jeunes Laflamme grimpent par la fenêtre de la façade. D'autres sont déjà à l'intérieur. Penchés à travers le cadre des fenêtres de l'étage, ils se chamaillent en poussant des cris excités.

Du haut de la fenêtre, Horseball verse un pot d'eau sur le monde, ce qui provoque une vive discussion sur l'identité du coupable. Ça gueule, ça rit et ça court partout.

Tous les Laflamme seront bientôt de retour dans leur maison. Je pourrais me mettre en file et aller vivre avec eux. Prétendre que je suis l'un d'entre eux.

Je rentre chez moi. Des pages de magazines déchiquetées jonchent le plancher. Phil adore déchirer du papier. C'est sa façon de lire, blague mon père, qui répète souvent :

— Ce soir, j'aurai peut-être la chance de lire le journal avant Phil !

Ma mère fait la lessive dans la cuisine. Les couches de Phil passent dans le tordeur. Le tordeur est comme un étrange animal sous-marin qui a, en guise de lèvres, des rouleaux qui mangent le linge mouillé. Les rouleaux tirent les couches et les font passer entre leurs lèvres serrées pour bien les essorer.

Comment on se sentirait si on se prenait une main là-dedans ? Tout le bras y passerait ! On se ferait tordre le bras.

Les couches tombent dans un bac que je sors par la porte arrière. J'étends les couches de Phil sur la corde à linge pour qu'elles sèchent, et qu'on puisse les lui remettre.

C'est moi qui fais ce travail-là.

Les magazines déchirés sont des *National Geographic*.

Que ma grand-mère a laissés pour moi.

Au moins il a épargné mes deux préférés – celui qui parle du bel enfant aztèque et celui sur les araignées mygales, qui me font trembler d'épouvante.

Dehors, monsieur Lipshitz arrive avec sa charrette. Quelques garçons Laflamme sortent la vieille cuisinière électrique et la lancent dans la charrette, qui s'affaisse un peu. Le vieux cheval sursaute et dit quelque chose.

Monsieur Lipshitz compte de la menue monnaie qu'il sort de son petit sac noir.

Je vais voir si Billy est là, mais il est déjà parti.

Cette fois-ci, je passe par Angel Square pour aller à la chorale. Ça me donnera la chance de voir une partie du match de crosse.

L'hiver, il se passe toujours des batailles à Angel Square. Mais pas l'été. L'été, il n'y a pas d'école.

Le match a attiré une grosse foule. Il y a deux bons joueurs, que tout le monde encourage. L'un d'eux est le plus petit joueur du terrain. L'autre est le plus gros. Le petit est un Canadien français surnommé Six-pouces. Six pouces, ça équivaut à quinze centimètres. La foule se déchaîne chaque fois que Six-pouces a la balle dans son bâton. Il est vite et rusé comme un tamia.

Le plus gros est une armoire à glace baptisée Goliath. Chaque fois que Goliath a la balle dans son bâton, tout le monde s'écrie : «Ooooooo», ou alors : « Oh, non ! C'est Goliath ! Sauve qui peut ! »

À côté de moi, il y a une famille : le père, la mère et leurs deux garçons – deux frères. La maman a un gros ventre, comme ma mère. Il y a un autre frère là-dedans – ou une sœur – qui attend de sortir et de faire partie de la famille.

Le frère aîné encourage Six-pouces. Le plus jeune prend pour Goliath.

— Vas-y, Goliath !

— Vas-y, Six-pouces !

Pour l'instant, Six-pouces a la balle dans son bâton. Il court vers Goliath. Goliath va lui foncer dedans, l'assommer et lui voler la balle.

C'est alors que Six-pouces effectue une manœuvre époustouflante : il se plie en deux et file entre les jambes de Goliath ! Puis, dans une folle échappée, il lance et compte !

Les deux frères échangent un regard incrédule.

La foule explose.

Les deux frères jouent à Goliath et à Six-pouces.

Le plus jeune rampe entre les jambes du plus vieux. Leur mère et leur père les regardent et s'esclaffent. Le père se penche vers ses garçons, il les ébouriffe en riant et les serre dans ses bras. Je pourrais peut-être aller vivre avec eux.

Ça m'arrive souvent de me sentir comme ça. De me demander comment ce serait de vivre dans la maison de quelqu'un d'autre. D'en avoir envie…

Je quitte le match, je prends la rue York jusqu'à l'avenue King Edward et je monte vers la chorale.

Je descends le sombre escalier qui mène à la salle de répétition en m'agrippant à la rampe circulaire en bois. Une rampe lisse et plus grosse que ma main. Je ne suis pas en retard, alors je n'ai pas besoin de sauter par-dessus la neuvième marche.

J'arrive juste à temps.

— Ah! dit monsieur Skippy. Regardez, monsieur George, qui vient d'arriver pour compléter notre chorale! Alors, on commence, monsieur George?

Monsieur George joue du piano. Monsieur Skippy nous écoute chanter. Surtout nous, les petits chanteurs d'été. Dick Dork et Dumb Doug évitent de me regarder. Ils ne savent pas que Billy et moi sommes au courant qu'ils se sont fait attraper par les placeurs. Ils n'en parleront pas non plus.

Ils ont trop honte.

Monsieur Skippy écoute attentivement. Il m'écoute chanter. Il fait taire la chorale, se penche au-dessus de moi.

— Arrêtez, monsieur George, dit-il. Arrêtez. Nous avons un petit ménage à faire ici, n'est-ce pas?

Il me regarde. Monsieur George me fait un clin d'œil. Derrière ses épaisses lunettes, on dirait que le clin d'œil se multiplie.

— Eh bien, aurions-nous donc un nouveau style de chant dans cette chorale? Apporté par un petit chanteur d'été qui garde la note plus longtemps que ce qui est écrit? *Ô Dieu qui depuis toujours es notre* aaaaabri…

Monsieur George joue la mélodie. En se moquant. En m'adressant un clin d'œil.

— Subirions-nous l'influence d'une quelconque mode, monsieur Martin O'Boy?

— Je ne sais pas, monsieur.

— Eh bien, voyons voir, monsieur O'Boy. Qui est votre chanteur préféré à la radio?

— Bing Crosby, dis-je. J'aime sa chanson *Moonlight Becomes You.*

— Ha ha! Bing Crosby! C'est ça! C'est exactement comme ça que Bing Crosby chanterait *Ô Dieu qui depuis toujours es notre* aaaaabri, en traînant la note. Bing Crosby est un chanteur de charme, monsieur Martin O'Boy. Il ne chante pas des hymnes religieux dans la chorale de monsieur Skippy, n'est-ce pas? Alors, ça suffit, cette façon de chanter à la Bing Crosby. Plus de Bing Crosby. Alors, monsieur George, on continue?

Après la répétition, monsieur Skippy me demande de rester quelques minutes avec monsieur George pour essayer de me débarrasser de mon tic à la Bing Crosby avant qu'il soit trop tard. Une mauvaise habitude, cette façon de chanter comme Bing Crosby.

Monsieur George est au piano. Nous répétons quelques versets tandis que les autres quittent la salle et s'en vont chez eux.

Monsieur George me dit que mes notes sont pures, que j'ai une belle voix qui sonne juste. Claire comme un glaçon, limpide comme une goutte d'eau de source. Semblable à une jolie statue représentant un ange. Une goutte de vif-argent. Une voix céleste. Comme une coupe glacée.

Maintenant, tout le monde est parti. Sauf monsieur George et moi.

Monsieur George me serre dans ses bras dans la salle de répétition déserte.

Il est en train de s'attacher à moi très fort.

— Je suis en train de devenir très attaché à toi, tu sais ça, Martin O'Boy? demande-t-il.

Monsieur Skippy pointe la tête dans la pièce. Puis le voilà qui entre. Il a vu monsieur George me serrer dans ses bras. Il l'a entendu dire qu'il était en train de devenir très attaché à moi.

— C'est bien, monsieur George, dit monsieur Skippy. Ça suffit. Il est temps que les petits chanteurs d'été s'en aillent chez eux retrouver leur mère. Rappelez-vous que nous en sommes responsables, monsieur George.

Ils ne doivent subir aucun mal. Nous en avons déjà discuté, n'est-ce pas ? Maintenant, vas-y, Martin O'Boy. Bonsoir.

Avant de passer la porte, je me retourne. Ils sont là, tous deux, à me regarder sortir.

Je fais craquer la marche numéro neuf, mais je m'attarde sur le palier, l'oreille tendue.

J'entends monsieur Skippy qui parle sévèrement, avec un avertissement dans la voix. On dirait qu'il réprimande monsieur George. Mais ce n'est pas une discussion.

Monsieur George ne dit rien.

Je monte l'escalier et je sors.

15

Buz

Phil dort.

J'entends des ronflements à travers le mur.
Il y en a pas mal qui ronflent dans la famille
de Horseball Laflamme. Monsieur Laflamme
tousse.

Chez madame Sawyer, l'autre voisine, c'est
tranquille. On n'entend jamais rien de ce côté.
Mais c'était très bruyant avant que Buz parte
à la guerre pour piloter des avions. Monsieur
Sawyer avait toujours beaucoup de visite. Ça
chantait là-dedans, et ça riait. Il avait un
accordéon, monsieur Sawyer, et il en jouait
parfois, et, alors, on entendait les gens danser.

Mais ensuite il est tombé malade et il est
mort à l'hôpital.

Buz avait toujours plein de copains qui
venaient le voir. Il était l'ami de tous. C'était
même notre ami à nous, les jeunes. Il faisait
parfois de la limonade, et nous jouions aux

cartes tous ensemble, et il mettait la radio à tue-tête pour entendre la musique tradition-nelle de Don Messer et ses Islanders ou l'orchestre de swing de Sammy Kaye.

Un jour, Buz nous a emmenés Chez Lindsay, un magasin de disques de la rue Sparks. Il y avait Billy, moi et d'autres enfants. Là, nous avons fait jouer des disques dans les cabines d'écoute – en faisant semblant que nous allions en acheter un – jusqu'à ce qu'ils nous jettent dehors à coups de pied.

Une autre fois, un de ses amis de la Côte de Sable s'est amené dans sa voiture déca-potable au toit décapoté. Et là, Buz nous a invités, Billy, moi et un groupe d'enfants, dont quelques Laflamme, à nous empiler dans la voiture, et nous nous sommes rendus jusqu'à la plage de Britannia pour une baignade.

Et une autre fois encore, nous sommes allés à l'Auditorium, avec lui et ses copains, pour voir la lutte.

Yvon Robert contre le Masque.

Yvon Robert a arraché le masque du Masque et a essayé de le lui faire manger, et, là, le Masque a jeté Yvon Robert en dehors du ring avant de sauter en bas à son tour pour lui frapper la tête à coups de chaise, sous les rugissements d'une foule déchaînée. Et voilà qu'Yvon Robert se met à pourchasser le Masque le long d'une allée où il y a un stand de hot-dogs, et le Masque fait basculer le vendeur de hot-dogs, puis il lui vole un bol de moutarde dont il inonde la tête d'Yvon Robert, et, là, ils reviennent dans le ring, et Yvon ramasse le masque de son adversaire pour l'étouffer avec jusqu'à ce que le Masque perde connaissance et qu'Yvon puisse conserver son titre de champion.

Plus tard, ce soir-là, après le combat, on a vu Yvon Robert et le Masque qui descendaient la rue Argyle ensemble en rigolant.

Et une fois, Buz a réglé son compte à un dur à cuire qui venait de New Edinburgh et qui s'appelait Tomate. Il ne s'appelait pas vraiment Tomate, mais plutôt Percy Kelso. Buz nous a raconté toute son histoire. On le surnommait Tomate parce qu'il avait le visage tout rouge.

En plus, il zézayait. Buz nous a raconté que, pendant leur enfance, tout le monde faisait fâcher Tomate en l'appelant Petsy Ketso. « Hé, Petsy Ketso, t'as la tête comme une tomate ! »

Mais, en vieillissant, on ne sait trop pourquoi, Tomate est devenu un vrai dur à cuire au point où les gens se sont mis à en avoir peur. Peur de ce qu'il pourrait leur faire.

Un bon jour, Tomate a ramassé, à Angel Square, un type qu'il n'aimait pas et il l'a fourré dans une poubelle. Eh bien, il l'a fait rouler là-dedans le long de la rue Clarence, puis il l'a lancé dans la charrette de monsieur Lipshitz, qui s'adonnait à passer.

Mais il était l'ami de Buz depuis la fois où il s'était rentré une écharde dans la main. Ça commençait à enfler pas mal, et Buz la lui avait arrachée avec une paire de pinces.

L'hiver dernier, Billy Batson a fait quelque chose de très idiot. Nous nous rendions à la pharmacie Roger. En passant sur le pont de la rue Saint-Patrick, qui mène à New Edinburgh, nous apercevons Percy Kelso, qui observe les glaces flottantes dans la rivière. En passant près de lui, Billy marmonne entre ses dents : « Allô, motsieu Tomate », à voix vraiment très basse. Mais Percy l'a entendu ! Et le voilà qui se retourne et qui allonge une main vive comme l'éclair pour agripper Billy, et, là, il le tourne à l'envers et le tient par les chevilles au-dessus de la rivière Rideau quand – heureusement pour Billy – Buz s'amène par là.

Buz a parlementé avec Tomate, qui a ramené Billy sur le pont, sain et sauf. Ensuite, Buz nous a obligés à nous excuser, Billy et moi, à *monsieur Kelso*. Il nous a forcés à souhaiter bonne chance et bonne santé à Tomate (monsieur Kelso), et à lui dire merci de nous avoir permis de nous rendre à New Edinburgh et « …si jamais vous avez besoin de quelqu'un pour livrer un message ou pour faire une course, nous serons heureux de vous rendre service, monsieur Kelso, et, pour vous, ce sera sans frais… »

Buz nous a dit, après coup, que nous avions été très chanceux. Il était pas mal certain que Tomate aurait laissé tomber Billy dans la rivière Rideau, et que mon ami serait devenu une sucette glacée à l'heure qu'il est. C'est tout de suite après ça que Buz est parti à la guerre.

Buz prenait soin de nous. Quand il reviendra chez lui, après la guerre, il prendra encore soin de nous, comme avant. S'il pouvait donc se dépêcher ! Il nous manque, Buz.

La porte de façade vient de s'ouvrir.

Mon père rentre à la maison.

C'est le jour de la paye, alors il va être soûl.

J'espère qu'il ne va pas venir dans notre chambre, s'asseoir sur mon lit, allumer la lumière et réveiller Phil comme il le fait quelquefois. Ces fois-là, il me raconte toutes sortes de choses… Il parle de ce qu'on va faire ensemble – aller à la pêche, acheter des planches à la cour à bois et construire une balançoire à bascule pour Phil. Il me dit qu'il va m'acheter des trucs, comme des gants de boxe, des patins à roulettes, un vélo et alouette ! Sauf que, le lendemain, il ne se souvient même pas de tout ce qu'il a dit…

Le voilà qui monte l'escalier… une marche à la fois.

Peut-être que Buz va rentrer chez lui bientôt et faire de la limonade pour nous tous…

Ou que le copain de Buz va venir avec sa décapotable.

Et là, il s'assoit sur le bord de son lit grinçant pour retirer ses gros souliers…

Un premier soulier atterrit sur le plancher en faisant un gros *bang*. Phil pousse un grognement, mais il dort toujours…

Plus mon père est soûl, plus ça prend du temps avant qu'il fasse tomber l'autre soulier…

Je m'ennuie de ma grand-mère. Comme elle a dû être brave la fois où elle s'est retournée tout d'un coup pour transpercer ce type, près de la fontaine du baron Strathcona…

L'autre soulier ne tombera pas de sitôt. Je vais me lever et prendre un bain en attendant. Cheap m'accompagne.

Mon chat se tient sur ses pattes postérieures, s'appuie sur le coude au bord de la baignoire et m'observe. De temps en temps, il allonge la patte droite pour prendre un peu d'eau, histoire de voir à quel point elle est chaude.

Cheap aimerait bien venir dans la baignoire avec moi. Ça lui plairait de s'asseoir sur ma poitrine et peut-être de m'aider à me laver.

Je pense que Cheap veut devenir un humain, une personne, au lieu d'être un simple chat. Je pense qu'il aimerait faire les choses que je fais : s'asseoir à la table de cuisine et manger des céréales Cric crac croc avec moi, et, peut-être, quand il en aurait mangé la moitié, allonger la patte, tirer le sucrier vers lui et ajouter un peu de sucre dans son bol.

Et quelquefois, quand il regarde Phil, je pense qu'il aimerait lui dire de cesser de passer son temps à tout gâcher.

Et quand mon père botte le bassin en émail, Cheap court se cacher, mais il pointe la tête presque aussitôt – avant même que le bassin ait fini de rouler – et fusille mon père des yeux, comme pour lui dire : « Pourquoi te comportes-tu comme un vulgaire animal ? »

Je pense que Cheap aimerait venir au cinéma avec moi. Je lui achèterais un billet, et il s'assoirait sur le siège à côté de moi. Nous regarderions Alan Ladd flatter son petit chat avant de sortir pour aller tuer des gens ; nous pourrions voir Abbott et Costello mourir de peur lorsque les chandelles bougent toutes seules, que les pièces tournoient autour d'eux ou que les yeux des gens, sur les portraits suspendus aux murs, se mettent à remuer et à les suivre tout partout.

Cheap et moi, nous mangerions du maïs soufflé ensemble en regardant les films.

Nous achèterions peut-être des arachides recouvertes de chocolat. Ça serait bon. Mais peut-être que Cheap n'aimerait pas le chocolat sur les arachides. Il n'aime pas le chocolat, je viens de m'en souvenir. Il aime les arachides, par contre. Mais elles lui collent aux dents, et ça lui prend une bonne demi-heure pour les nettoyer comme il faut après coup.

Et il aime le cola à la cerise. Sauf qu'il ne serait pas capable de boire avec une paille, je pense. Il faut des lèvres pour aspirer avec une paille.

Cheap n'a pas de lèvres, je ne sais trop pourquoi.

Je retourne dans mon lit. Cheap s'étend à côté de moi.

Je pense à monsieur George.

Je me pose des questions à son sujet.

BANG! Voilà l'autre soulier qui tombe.

Des larmes pour ma grand-mère, maintenant. Et puis dodo.

16

Une coupe glacée

Aujourd'hui encore, monsieur George me demande de rester après la chorale. Je vais travailler avec lui à me débarrasser de mon tic à la Bing Crosby.

— Il faut déraciner cette manie de chanter comme Bing Crosby, pas vrai, monsieur O'Boy, avant qu'elle se répande comme une traînée de poudre et qu'elle contamine tous nos petits chanteurs d'été! N'es-tu pas d'accord?

Monsieur George et moi, nous travaillons pendant un moment à rester sur la note seulement le temps indiqué, sans la faire traîner à la façon de Bing Crosby. Monsieur George me dit que je fais d'immenses progrès. Après ça, nous délaissons le problème, et il se met à me parler de la guerre et des aventures qu'il y a vécues.

Tout le monde est parti sauf nous.

Il me parle de la fois où il a tiré sur un soldat allemand. Il me dit à quel point il s'est senti mal après coup. Il se sent encore mal.

Il se sent mal parce que, lorsqu'il a tiré sur lui, le soldat était en train de faire ses besoins sous un arbre dans le champ d'un fermier. Accroupi là, le pantalon baissé. Monsieur George se sent mal.

Y a-t-il des larmes derrière ses épaisses lunettes ?

Il me raconte que certains de ses amis sont toujours là-bas, à la guerre, mais qu'ils vont bientôt rentrer, parce qu'elle est presque terminée. Est-ce que j'aimerais les rencontrer ? Un de ces jours, très bientôt, il ira les accueillir à leur arrivée à la gare Union. Ils traverseront probablement sur un gros paquebot appelé l'*Andrea Doria,* qui les débarquera à Montréal, et, de là, ils prendront le train jusqu'à Ottawa. Je pourrais l'accompagner lorsqu'il ira retrouver ses amis à la gare.

Nous quittons l'église et descendons ensemble la côte qui mène à la rue Rideau. Il continue à me parler de la guerre. Il a sept morceaux d'acier dans la jambe. Il a été blessé en Allemagne par du shrapnel. Le shrapnel est un obus rempli de fragments de métal sale et déchiqueté. Si un obus atterrit près de quelqu'un et qu'il explose, il projette ces fragments de métal de tous bords tous côtés, et ça produit un bourdonnement semblable à celui des abeilles.

Je vois Billy sortir de la bibliothèque publique avec des livres. Mais il ne nous voit pas là où nous sommes, de l'autre côté de la rue.

— Traversons ici, suggère monsieur George.

C'est alors qu'il aperçoit Billy.

— N'est-ce pas ton ami Billy Batson qui sort de la bibliothèque?

— Oui, c'est lui, dis-je. Hep! Billy!

Mais deux tramways passent au même moment, et il ne nous entend pas.

— Attendons un peu avant de traverser. Nous ne voulons pas parler à Billy en ce moment, pas vrai?

Les tramways ont passé leur chemin, et Billy aussi.

— Il est parti, de toute façon, dis-je.

— Allons-y, alors, dit monsieur George.

Nous nous retrouvons devant le restaurant Chez Imbro.

— Martin O'Boy, j'ai une idée splendide! s'écrie monsieur George. Est-ce que ça te tenterait qu'on entre ici, Chez Imbro, et que j'achète deux coupes glacées – une pour toi et une pour moi? Ce resto doit sa célébrité à ses délicieuses coupes glacées!

Chaque fois que je passe devant Chez Imbro, je regarde les gens déguster ces fameux desserts, sans jamais avoir eu l'occasion d'en manger.

Chez Imbro, tous les murs sont ornés d'images de coupes glacées. Les images appétissantes donnent envie de grimper sur les tables des banquettes pour lécher les images de crème glacée qui déborde des coupes, croquer une bouchée de banane recouverte de chocolat ou grignoter les noix et les fraises qui nappent le délice au beurre écossais et au caramel – la spécialité de la maison.

Il y a des bananes garnies de chocolat, d'ananas ou de fraises, des glaces au fudge chaud nappé de crème fouettée, d'autres au beurre écossais, au chocolat croquant, aux miniguimauves, au melon, aux bleuets, à l'orange, aux pêches, à la mangue, au café…

Certaines sont servies dans de longues assiettes plates. D'autres arrivent dans de grands verres au fond étroit qui s'allongent vers le haut en s'évasant – celles-là viennent avec une cuiller à long manche.

— Je pense que je vais prendre une double banane garnie de chocolat *et* d'ananas, dit monsieur George.

Je n'arrive pas à me décider. Monsieur George est assis du même côté de la banquette que moi. Je suis coincé contre le mur, alors j'ai du mal à bien voir toutes les images, là-haut. Il se presse contre moi.

J'en remarque une qui est différente de toutes les autres. Elle s'appelle David Harum. Je ne sais pas ce que c'est qu'une glace David Harum, mais l'image paraît appétissante. La crème glacée ne déborde pas, et le bol est de forme différente : ni en hauteur ni long et plat non plus.

— Pourquoi n'essaies-tu pas le David Harum ? suggère monsieur George.

— David Harum, dis-je.

— Bon choix, dit monsieur George.

J'ai aussitôt envie de changer d'idée, mais c'est trop tard : la serveuse note déjà notre commande sur son calepin.

Elle met son crayon derrière son oreille, dans ses cheveux.

— Un autre petit chanteur, monsieur George ? demande-t-elle.

— Oui, un chanteur magnifique, répond monsieur George.

— Ne le sont-ils pas tous ? Ne le sont-ils pas tous ? demande-t-elle. Des souliers intéressants que tu as là, fiston, ajoute-t-elle ensuite. Tu attends d'avoir les pieds assez grands pour qu'ils te fassent, hein ?

Et elle éclate de rire.

Monsieur George me dit qu'il voulait justement me poser la question, me demander pourquoi mes souliers sont si grands.

Je lui parle de l'homme soûl qui me les a vendus au magasin de chaussures Chez Lefebvre. Monsieur George a vraiment l'air intéressé par mon histoire. Il hoche la tête en souriant. Il m'aime beaucoup. Ça se voit sur son visage.

La dame au crayon dans les cheveux est de retour. Elle dépose les coupes glacées devant nous. L'assiette de monsieur George est tellement grosse qu'elle occupe la moitié de la table : quatre boules de crème glacée noyées dans le chocolat et l'ananas, saupoudrées de noix, décorées d'une cerise chacune et entourées de deux bananes coupées sur le long.

Monsieur George attaque.

C'est ce que grand-maman disait toujours quand elle flanquait mon bol de gruau devant moi : « Allez, attaque ! »

Mon dessert ne ressemble pas à celui de monsieur George. Il est beaucoup plus petit – gros comme une soucoupe, disons : une seule boule de crème glacée et rien qui déborde. Pas beaucoup de sauce et pas de cerise non plus. Juste une noix coupée en deux assise dessus. Il y a du liquide brun verdâtre sous la boule de crème glacée.

— Tu as pris la plus chère, dit monsieur George. Ça doit vraiment être très bon !

Je prends une première bouchée avec la petite cuiller courte. Je n'ai jamais rien goûté de pareil – un peu comme de la menthe poivrée, mais pas vraiment. Je sens une légère impression de brûlure, mais la crème glacée la fait passer, et une vague odeur (ou alors un goût) un peu aigre, qui me rappelle l'Aqua Velva de mon père, que je hume parfois dans la salle de bains.

Je croque la noix coupée en deux et je la mélange à la crème glacée et à la sauce brun verdâtre. Le goût me monte au nez et fait pleurer mes yeux.

Monsieur George attaque toujours son dessert. Il ressemble à ces clients de Chez Bowle qui enfournent d'énormes quantités de viande et de pommes de terre. Moi, je prends des bouchées tellement petites que je dois ressembler à un tamia qui grignote des graines de tournesol.

On a fini. Monsieur George se rend au comptoir caisse où il donne des sous à la dame au crayon passé à travers la tête.

— Comment te sens-tu, fiston ? Pourvu que tu n'aies pas trop mal aux cheveux, demain, dit-elle en riant. Y a de la crème de menthe et du brandy dans ce petit David Harum. Juste deux cuillerées à table de chacun. Ça n'a jamais fait de tort à personne ! HA ! HA !

Sa bouche s'ouvre toute grande, et je peux voir jusqu'au fond de sa gorge parce qu'elle est penchée au-dessus du comptoir et jusque sur moi.

Le crayon paraît aussi gros qu'une bûche.

— File tout droit chez toi ! rugit-elle, et monsieur George me prend par la main.

17

Au parc Heney

Le parc Heney n'est pas très loin. Là devant nous, il nous apparaît magnifique dans le clair de lune : la forme des arbres, la colline au milieu et le belvédère au sommet, avec ses six jambes en pierre et son joli toit pointu.

Nous, les jeunes, nous grimpons ici tous les hivers, quand c'est glacé, et nous glissons sur des boîtes de carton qui nous servent de traîneaux. Je m'imagine que c'est l'hiver, et que les arbres sont recouverts d'un givre de cristal. Sauf que ce n'est pas l'hiver et qu'il n'y a pas de givre, mais un beau clair de lune.

Monsieur George me parle de la femme qu'il a sauvée de la noyade en France, pendant la guerre. Il l'a portée jusque chez elle et il l'a ranimée, et elle lui a cuisiné un gros repas de truffes – des truffes, ça ressemble à des champignons, mais en mieux.

Ensuite ils ont allumé un feu dans son foyer.

Tout à l'heure, Chez Imbro, pendant qu'on attendait nos coupes glacées, monsieur George m'a montré ses médailles de guerre. Elles sont toutes les deux en forme d'étoile à six pointes. Il y a une couronne du roi Georges dessus, et, dans un cercle au milieu, des mots sont écrits : «Étoile France-Allemagne» sur l'une et «Étoile d'Italie» sur l'autre. La première est attachée à un ruban rayé bleu, blanc et rouge, l'autre à un ruban blanc, rouge et vert.

Une fois le feu allumé, la femme a retiré tous ses vêtements, je crois, et elle les a suspendus près du foyer pour les faire sécher. Monsieur George suggère qu'on grimpe sur la colline jusqu'au belvédère, pour voir le clair de lune de là-haut.

Il n'y a pas de banc sur la colline. Je veux m'asseoir. Monsieur George préfère que je reste debout. Je le vois dans le noir qui tripote son pantalon.

Pendant que les vêtements de la femme qu'il avait sauvée séchaient, monsieur George a remarqué qu'elle avait beaucoup de jolis poils entre les jambes.

— Et toi, tu en as, des poils entre les jambes ? me demande-t-il.

— Je suis étourdi. Je veux m'asseoir.

Il me dit à quel point je chante bien. Il affirme que je suis le meilleur chanteur de la

chorale. Il veut me prendre dans ses bras tellement je suis un bon chanteur. Je ne vois pas
son visage.

Mais au lieu de me prendre dans ses bras,
il me tire derrière un des piliers en pierre du
belvédère.

— Chut ! dit-il. Quelqu'un vient. Des garçons. Nous ne voulons pas qu'ils nous entendent.
Je ne les aime pas, ces garçons-là.

Nous nous cachons derrière le pilier. La
lune éclaire les flancs de la colline. Les garçons
descendent et remontent la colline en luttant,
et ils rient. Dans le clair de lune, chaque garçon
a aussi une ombre qui se bat contre celle d'un
autre. Ils s'empoignent et se bousculent jusqu'au
bas de la colline, et s'éloignent sous le couvert
des grands arbres. Tout redevient calme.

— Redescendons et allons nous asseoir
sur un des bancs qu'il y a plus bas, sous les
grands arbres. C'est une magnifique soirée
éclairée par la lune, et tu n'as pas besoin de
rentrer chez toi tout de suite, dit monsieur
George.

Nous descendons la colline, et il me prend
la main. La sienne est grosse. Plus grosse que
celle de mon père. Plus grosse que la main de
Ketchy Balls.

— Tu es un très beau garçon, murmure-
t-il. Que dirais-tu de chanter pour moi ?

139

Nous nous assoyons sur un banc. La lune éclaire la colline et allume les feuilles des grands arbres au-dessus de nos têtes. Les planches du banc sont rudes sous mes jambes. C'est plus confortable si je recule. Pour cela, il faut que je pousse les orteils dans les cailloux de l'allée devant nous. Une partie de la lune s'infiltre entre les feuilles des arbres, et les cailloux brillent comme des joyaux.

— Si tu me chantes quelque chose, dit monsieur George, je te donnerai une de mes médailles de guerre. Chante-moi cette chanson de Bing Crosby…

Tout doucement, je fredonne :

— *Moonlight becomes you. It goes with your hair… You certainly know the right things to wear…*[5]

Il passe son bras gauche autour de mon dos, enfouit sa main dans la poche gauche de mon short et pousse ses doigts entre mes jambes.

— Comment va le tien ? demande-t-il en chuchotant. Comment il va ?

Il prend ma main droite dans sa main et la dépose sur sa cuisse. Il y a là quelque chose qui ressemble à la rampe le long de l'escalier tout

5. La lune te va bien, elle va bien avec tes cheveux… Tu sais vraiment comment t'habiller…

sombre qui descend vers la salle de répétition à l'arrière de l'église.

— Allez, continue, O'Boy ! N'arrête pas ! chuchote-t-il.

Sa voix devient toute rauque.

La lune nous dévisage à travers les feuilles.

Il me tire à lui avec son bras droit et me tient tellement serré que j'ai peine à respirer. J'essaie de crier :

— Je ne peux pas respirer.

Il y a du mouillé sur mon poignet et sur mon bras.

Mais là, tout à coup, des bruissements se font entendre le long du sentier.

Ce sont des pas qui se rapprochent dans l'obscurité. Des craquements.

Monsieur George bondit si vite du banc qu'il me projette dans l'allée. Il disparaît dans l'ombre du gros arbre derrière notre banc. Je me rassois. Deux personnes s'amènent dans le sentier. Le gars et la fille s'arrêtent sous le lampadaire du parc, un peu plus haut dans le sentier. Ils s'embrassent, puis poursuivent leur chemin, encore plus serrés l'un contre l'autre. Je me suis fendu la peau du genou sur les roches. Ils s'arrêtent juste devant mon banc, et le gars embrasse la fille. Ils ne me remarquent même pas. Je retiens mon souffle. Ils repartent. Je descends de mon banc et je marche dans leur sillage. Je les rattrape, mais en restant sur le gazon – sans faire de bruit. J'essaie d'empêcher le *flap slap* de mes souliers.

Lorsque je suis assez loin de l'arbre où se cache monsieur George, je me jette tête première dans un buisson. Je trébuche dans mes souliers et je tombe dans une substance poisseuse et gluante. Je roule là-dedans, couvert de poussière, de feuilles mortes, de branchages, d'insectes et de toiles d'araignée. J'en ai entre les doigts, autour des bras et des jambes, dans les cheveux et plein la face. Je suis empêtré dans une immense toile d'araignée et je n'en finis pas de débouler sous les buissons.

Soudain, j'entends monsieur George, qui chuchote aussi fort qu'il le peut.

— O'Boy, où es-tu, mon garçon ? Allez, sors ! N'aie pas peur ! Je ne te ferai pas de mal ! Eh ! Je t'aime !

Je n'arrive pas à reprendre mon souffle. J'ai la bouche et le nez couverts de fils d'araignée. J'ai peur de me mettre à crier.

Il y a une brèche dans la haie sous laquelle je me cache. Je roule à travers, puis le long d'un talus escarpé, par-dessus le trottoir et sa bordure pour atterrir dans une flaque de boue au beau milieu du caniveau. Une flaque immonde et visqueuse qui pue l'huile à moteur et la merde de chien.

Dans la pénombre entre deux réverbères, je vois monsieur George qui se fraie un chemin hors de la haie. Je fais le mort dans le caniveau et je l'épie du coin de l'œil. Il scrute la rue Heney à gauche et à droite. Je l'entends qui appelle:

— O'Boy! Mon garçon! Ne te cache pas de moi!

Il semble apeuré. Ça se voit à la façon dont il regarde à gauche et à droite et de tous bords tous côtés. Et encore par là.

— Mon garçon!

Il pénètre de nouveau dans la haie. Il se dit que j'y suis peut-être encore.

Voilà les amoureux qui reviennent. Ils sont sur le trottoir, juste à l'endroit où je suis étendu. Ils s'enlacent encore une fois. Mais est-ce qu'ils n'en ont pas assez, enfin? C'est quoi, leur problème, au juste? Tiens, ils s'embrassent encore.

Je rampe hors de ma flaque à quatre pattes. Puis je me relève. Je ressemble au héros d'une bande dessinée d'épouvante émergeant d'une lagune visqueuse. Un monstre terrifiant. La fille pousse un cri. Le gars recule d'un bond. Il saisit la main de la fille et l'entraîne plus loin.

Je descends la rue Heney au pas de course jusqu'à la rue Cobourg.

Je m'arrête devant le magasin Lachaîne pour reprendre mon souffle. Madame Sawyer en sort justement. Elle porte un sac à son bras, avec une miche de pain qui en dépasse.

— Bonsoir, Martin, dit-elle, d'une voix où perce la surprise.

Elle s'approche de moi. Les yeux dans la vitrine, je regarde tout ce qu'il y a là-dedans : des pommes de terre, des sucres d'orge, des pains de savon, des pétards pour les pistolets à pétard, de la réglisse (noire ou rouge), des yoyos, des lacets de bottines, des pinces à cheveux et une boîte de betteraves rouges. Et le chat noir du magasin, qui dort en boule dans son coin.

Et je regarde aussi ma réflexion dans la vitrine.

— Comment vas-tu, ce soir, Martin O'Boy ? s'informe madame Sawyer.

Je lève les yeux vers elle.

— Pourquoi pleures-tu ? dit-elle.

— Je ne pleure pas. En tout cas, je ne pense pas.

— On dirait que tu pleures.

— J'ai peut-être quelque chose dans l'œil, dis-je.

— Dans les deux yeux ?

— Faut croire.

— Tu dois prendre bien soin de tes yeux, dit madame Sawyer. Ce sont les seuls que tu as.

Elle recule d'un pas et m'examine de la tête aux pieds.

— Et ton genou saigne, dit-elle. Et pas mal fort. Tu ferais mieux de rentrer chez toi immédiatement. Il se fait tard, tu ne crois pas ? Mais qu'est-ce que tu as donc fait, pour l'amour ? Regarde-toi donc !

— Je… euh, je me suis battu après la chorale. Juste pour jouer. On a fait de la lutte, au parc. Après la chorale. On jouait à se battre. Comme on faisait avec Buz, dans le temps…

— Tu ferais mieux de revenir chez toi. Viens, on va rentrer ensemble. Ta mère va s'inquiéter…

— Je vais aller au magasin… et ensuite, filer tout droit chez moi…

— Ta mère va s'inquiéter… On dirait que tu viens de perdre ton meilleur ami…

Elle tourne les talons et va son chemin. Mais elle répète :

— Tout droit chez toi, là !

Je fais semblant d'entrer dans le magasin, mais je n'entre pas.

Après un moment, je descends la rue Cobourg et je marche jusque chez moi, au 3, rue Papineau. Je reste planté devant la porte. Je ne veux pas pleurer. Je vais montrer mon genou à ma mère mais sans pleurer. Je lui dirai que nous nous sommes battus après la chorale. Elle va voir mon genou et me soigner.

J'ouvre la porte. La porte de la maison où je ne veux pas vivre.

S'il vous plaît, quelqu'un. Prenez soin de moi. Aimez-moi.

18

Une énigme et une lettre

Nous mangeons du bacon au petit déjeuner, ce matin. Mon père est en retard pour son travail, alors il mange debout. Le bacon a un peu trop cuit. Ma mère et mon père viennent d'avoir une grosse engueulade à ce sujet. Ma mère est remontée à l'étage avec Phil, qui a hurlé tout le long de l'escalier. Il hurle chaque fois que mes parents se chamaillent.

Il hurle encore. Même à l'autre bout, au numéro neuf, Lenny Lipshitz doit l'entendre.

— Tu sais, dit mon père, ta mère s'est déjà fait examiner la tête par un médecin, mais il n'a rien trouvé.

Une vieille blague que j'ai entendue bien des fois.

Je donne un morceau de bacon à Cheap, qui est sous la table.

— Ne nourris pas ce chat avec du bacon, gronde mon père. Ça coûte cher…

Je le regarde en pleine figure. Je ne dis pas ce que je pense.

— Tu n'as aucune importance à ses yeux, tu sais, dit mon père. Tout ce qui lui importe, c'est la bouffe.

— Cheap m'aime, dis-je. Je le vois.

— Les animaux ne sont pas comme les gens. Les chats n'agissent pas comme les gens. Les gens t'aiment ou ils ne t'aiment pas. Les chats ne s'intéressent qu'à la bouffe.

— Je pense que Cheap m'aime, dis-je. À cause de cette façon qu'il a de me regarder. Quand il met son oreille cassée comme ça.

— Es-tu celui qui lui donne sa bouffe ? demande mon père.

— Quand je mange, il mange. Je le nourris avec ce qu'il y a dans mon assiette. Personne d'autre ne lui donne à manger. C'est mon chat. Il mange la même chose que moi.

De sous la table, mon chat regarde mon père. Il ne l'aime pas. Ça se voit à la façon qu'il a d'abaisser sa bonne oreille et de garder les yeux bien ouverts. Il attend de voir si mon père ne va pas botter quelque chose. Ses pattes se tiennent prêtes : le cas échéant, il se tirera de là. Si un bassin volant bondit dans une direction, Cheap file dans l'autre.

Et quand Old Faithful lance ses jets, Cheap est déjà loin.

148

Mon père met son chapeau et s'apprête à s'en aller au travail.

— Il ne se préoccupe de toi que parce que tu es celui qui le nourrit, affirme-t-il.

Non, ce n'est pas vrai. Mon chat m'aime. Je le vois quand je lui parle et qu'il ferme les yeux bien fort. Il donne l'impression d'être content.

— Cheap, c'est juste une grosse farce qui se prend pour un chat. De la fourrure gaspillée, si tu veux mon avis. Et ne lui donne pas de bacon. Ça coûte cher, du bacon !

Mon père sort en claquant la porte.

Il n'a même pas remarqué mon genou écorché.

Cheap me dévisage de sous la table.

Je le prends, et il me fait un petit ronron.

— Tu n'es pas une farce, lui dis-je en lui donnant un autre morceau de bacon. Ni de la fourrure gaspillée. Peut-être que quelqu'un que nous connaissons est de la peau gaspillée ! Hein ? Qu'en penses-tu ?

Cheap est bien d'accord.

Je suis assis dans l'escalier d'en avant, enveloppé dans mon chandail de laine. Mon chat est avec moi.

Cheap a vu ce qui s'est passé hier soir.

Hier soir, Phil s'est pris le bras dans le tordeur.

Je n'avais pas sitôt mis les pieds dans la maison pour montrer mon genou écorché à ma mère que Phil s'est mis à hurler. J'ai couru à la cuisine et je suis entré en collision avec la bedaine de ma mère. La main de Phil sortait de l'autre côté du tordeur. Les lèvres étaient en train de manger Phil. Ma mère s'est mise à donner des coups sur la barre de sécurité – un levier qui se trouve au-dessus du tordeur – pour dégager mon frère. Pour l'empêcher d'être avalé.

Nous frappions la barre de sécurité de toutes nos forces, ma mère et moi.

— Frappe ! Allez, frappe ! criait ma mère.

Phil faisait des bruits étouffés, se mordait la langue, se mâchait sa langue. Il avait la moitié du bras passé dans les rouleaux quand le tordeur s'est enfin ouvert d'un coup sec et, là, mon frère est tombé par en arrière, et son bras a glissé comme un morceau de viande crue.

Ensuite, il a fallu le soutenir pendant que ma mère faisait couler de l'eau froide sur son bras. Elle l'a lavé tout doucement avec du savon et elle lui a encore une fois rincé la peau. Phil regardait droit devant. Sans faire le moindre son.

— Il est en état de choc, a dit ma mère. Il faut l'envelopper bien chaudement. On fera venir le docteur demain.

Nous lui avons entouré le bras de linges propres, puis je lui ai fait du chocolat tiède. Après ça, nous l'avons déposé délicatement dans son lit de fer, et ma mère s'est couchée près de lui en le serrant dans ses bras. Il a pleuré un peu, et ma mère lui a chanté une chanson :

C'est la vieille mère Hubbard
Qui ouvre son armoire
Pour donner un bel os à son petit
chien-chien.
Hélas, l'armoire est vide
Et le pauvre chien-chien
N'aura donc rien du tout à s'mettre
sous la dent.

Quand Phil s'est endormi, elle m'a chuchoté :

— Je ne sais pas ce que je ferais sans toi.

Puis elle a remarqué mon genou.

— Tu t'es éraflé le genou, a-t-elle dit. Mets de la teinture d'iode dessus, et je vais l'examiner demain... et tu devrais peut-être prendre un bain. Tu es tellement sale. Mais qu'est-ce que tu as donc fait ? Je te pensais à la chorale. J'espère que tu ne t'es pas mal conduit... Souviens-toi... Celui sur lequel on compte...

Bientôt elle s'est assoupie, elle aussi. Maman et Phil, serrés l'un contre l'autre.

J'ai pris un bain, j'ai mis de la teinture d'iode, je me suis couché et j'ai fait un rêve épouvantable. Un garçon (moi) nage dans la rivière Rideau au parc Dutchie's Hole, près de l'endroit où habitait ma grand-mère. Un autre garçon (Phil) se tient sur la berge. Dans l'eau autour du jeune nageur, on voit flotter des têtes, des tripes et des excréments de cochons, qui viennent de l'abattoir. Le nageur crache dans l'eau. Le gars sur la berge lui crie : «Arrête de cracher dans l'eau, tu gâches tout le plaisir des autres nageurs !» Ma grand-mère, qui est debout sur un pont ferroviaire, crie au jeune baigneur de ne pas tenir compte de ces sornettes, et celui-ci gueule : «Phil, c'est toi qui gâches tout, pas moi !»

Ce matin, je suis assis dans l'escalier, les bras autour des genoux, et je lis à mon chat des extraits du *Ottawa Journal*. Le bassin en émail gît sur le trottoir devant chez Lenny Lipshitz, à trois portes d'ici. Je le ramasserai plus tard.

Je lis à Cheap que, jusqu'ici, quarante cinq millions de personnes ont été tuées au cours de la guerre qui est presque terminée. Je me demande où ils ont mis tous ces corps… et combien de grosses voitures noires sont venues les chercher.

Hein, grand-maman ?

Je lis à mon chat une publicité sur les lames de rasoir de mon père. Des lames de marque

Blue Gillette – celles qui, de toutes les lames à avoir jamais été affilées, ont le tranchant le mieux aiguisé au fini le plus doux. C'est sans doute pour ça que mon père se coupe tout le temps. Il se met des petits morceaux de papier hygiénique blanc sur le visage, une tache rouge sur chacun.

Voici un article qui parle du bébé Carnation, dont la photo est sur toutes les boîtes de lait de Lait Carnation : le plus beau bébé du Canada.

Ma grand-mère disait que j'aurais pu être ce bébé-là, sauf qu'il n'y avait aucune photo de moi à envoyer au concours.

Je lis un article sur la bombe atomique. Une nouvelle bombe – toute petite –, mais qui pourrait faire sauter une ville complète et tout le monde qu'il y a dedans. Tuer tout le monde.

Le monde entier va-t-il finir par sauter ? se demande le journal. On peut larguer la bombe depuis dix kilomètres dans les airs, là où il fait toujours très froid.

Et voilà la réponse ! La réponse à l'énigme posée dans la rubrique *Croyez-le ou non ! par Rippley*.

Je lis mon horoscope à Cheap, qui dort à côté de moi. Mon père appelle ça une *horreur-scope*. « Si vous êtes né sous le signe du Lion, l'abondance vous sourira dans les jours qui viennent. » L'abondance, ça a rapport à de l'argent ou à des richesses. J'ai vu ça dans le *National Geographic* qui parlait des Aztèques. L'article suivant parle d'un millionnaire excentrique de Merrickville qui vient parfois à Ottawa. Il se rend à la gare Union pour accueillir les soldats qui reviennent de la guerre et il distribue des billets de cinquante dollars à ces héros qui rentrent à la maison…

Oh non! Voilà madame Ketchup et madame Dindon.

— Te voilà, Martin. Bonjour. Comment ça va? demande madame Dindon.

Je ne réponds pas à sa question, mais je dis ceci:

— Voici une devinette: vous êtes à un endroit où il fait si chaud que vous pourriez faire frire un œuf sur le trottoir, mais, à seulement dix kilomètres de là, il y a un autre endroit où il fait moins 51 °C. Pouvez-vous dire où c'est?

— Mmm, dit madame Dindon, une question fascinante. Voyons voir…

Madame Ketchup regarde mes souliers. Ils sont tout sales, à cause de ce qui s'est passé hier soir. Ils n'ont plus l'air neufs.

— Tu as eu des souliers, remarque-t-elle. C'est bien. Où les as-tu pris? Est-ce qu'ils te viennent de quelqu'un?

— Non, ils ne viennent de personne, ce sont mes souliers.

— Mais ils ne sont pas neufs…

— Oui, ils sont neufs. Ce sont des souliers neufs. Mes souliers neufs.

Je lui fais, le plus fort que je peux, mon visage honnête. Le visage que les gens vont toujours avoir envie de croire.

— Avez-vous vu ce bassin en émail plus loin, là-bas, dans la rue? Devant le numéro neuf? C'est mon père qui l'a botté jusque là-bas. C'est notre bassin.

— Oh là là…

— Et la devinette? demande madame Dindon. C'est une attrape?

— Pas d'attrape, dis-je. Il suffit de regarder là-haut.

Les deux dames lèvent la tête.

Et pendant qu'elles ont les yeux au ciel, la porte s'ouvre, et ma mère sort. Puis elles entrent toutes les trois dans la maison pour parler de moi. Et peut-être du bassin en émail…

Je me sens invisible.

Voilà Billy qui s'amène. Il commence à me parler de monsieur George. Monsieur George lui a dit qu'un bon dimanche matin il allait jouer une pièce spéciale, à l'orgue, pendant un service religieux. Pas une pièce avec la chorale. Non, une pièce spéciale qu'il interprétera tout seul. Je ne parle pas à Billy de ce qui s'est passé hier soir. Je ne dis pas à Billy à quel point je déteste monsieur George.

155

Le facteur passe devant chez nous.

Rien pour nous. Il regarde mes pieds.

— Toute une paire de souliers! lance-t-il.

Il glisse une lettre dans la porte de madame Sawyer.

Puis il reprend sa route.

Un tramway passe, sans personne à bord sauf le chauffeur. Combien de morts pourrait-on mettre là-dedans pour les emmener? Le tramway est rouge, cependant... Il faudrait le peindre en noir...

La porte de madame Sawyer s'ouvre. Elle a une lettre à la main, qu'elle agite en fouillant la rue Papineau des yeux. Il n'y a que nous deux. Elle accourt.

— Buz, annonce-t-elle en pleurant. Mon fils! Il revient à la maison... Il sera là d'un jour à l'autre.

19

« Bon anniversaire ! »

C'est mon anniversaire, aujourd'hui. Billy vient avec moi chercher de la glace. Une autre journée chaude. Nous parlons de la lettre que madame Sawyer a reçue de Buz. Le vrai nom de Buz, c'est Sydney. Dans l'armée de l'air, il est le lieutenant d'aviation Sydney Sawyer. Dans la lettre, il raconte qu'il a été blessé. Son avion en a frappé un autre sur le porte-avion. Mais pas trop fort. Il s'est cassé un os du poignet. Il revient au Canada sur le paquebot appelé l'*Andrea Doria*.

— Il y a six cent quatre-vingt-seize muscles et deux cent six os dans le corps de Buz, dis-je, et il n'a brisé qu'un seul os.

— Je serai content quand il reviendra chez lui, dit Billy. Bientôt, j'espère.

Puis il devient silencieux. Billy est toujours silencieux, ces temps-ci. Il regarde au loin. Il n'est plus le même qu'avant. Depuis la nuit où son père s'est échappé de l'asile. J'ai envie de lui demander *Billy, quand est-ce que ton père revient de la guerre?* mais je ne le ferai pas. Ce serait trop méchant.

Je lui parle plutôt de mon *horreurscope*. De l'abondance. Billy me raconte un rêve qu'il fait tout le temps : il trouve de l'argent. Il aperçoit par terre des pièces d'un cent et de cinq cents, puis il en voit d'autres, de vingt-cinq et de cinquante cents, puis de gros dollars en argent. Il en ramasse tant qu'il peut, mais ses mains sont tellement pleines qu'il n'arrive plus à tout garder, alors les pièces tombent et s'éparpillent çà et là, et voilà que des gens s'emparent de tout l'argent et s'en vont avec.

Quand nous arrivons à la glacière, c'est le même type que la dernière fois qui est là, celui qui m'avait donné le petit bloc de glace.

— Salut bien, blondinet ! Tes pieds ne prennent pas encore toute la place dans tes souliers, hein ? Et qui est ton petit ami ? Quel est ton nom, petit ami ?

— Il s'appelle Billy, dis-je.

— Ce n'est pas à toi que je pose la question. Est-ce que je t'ai parlé ? Je lui demande à lui. Quel est ton autre nom, Billy ?

— Batson. Billy Batson.

— Ah ! Comme dans les bandes dessinées. Le Capitaine Marvel. SHAZAM ! Allez, dis donc SHAZAM ! pour voir ce qui va arriver.

— Il n'en a pas envie, dis-je.

— Est-ce que je t'ai demandé l'heure ? Tais-toi donc, blondinet. Allez, Billy. Dis-le. SHAZAM ! Qu'on voie ce qui va arriver. Je vais donner un beau morceau de glace à ce blondinet, aujourd'hui, si tu le fais.

Billy attend un petit peu, puis il fait un petit shazam, qu'on entend à peine.

— Je n'entends pas de gros BOUM ! Et toi ? Mais attends donc une minute ! Tu serais pas le gars d'Art Batson, par hasard ? Le type qui a perdu l'esprit ? Celui qui est devenu dingue. Qui s'est mis à attaquer tout le monde ? Bien sûr que c'est toi. T'étais rien qu'un gamin, à l'époque. Avant la guerre, c'était. Ils l'ont enfermé. Je travaillais à l'abattoir avec lui – ou quelque part… À moins que ce soit au moulin à papier ? Je me souviens pas trop. C'est bien toi. Ouais. Son esprit s'est détraqué tout d'un coup. Il s'est mis à sauter sur les inconnus. Ils l'ont enfermé.

Billy sanglote.

— Ce n'est pas lui, dit-il, la tête basse.

Pot-de-chambre fixe Billy un long moment. Puis il se tourne vers moi et me dit ceci :

— D'accord, je peux bien me tromper. Il y a pas mal de fous qui circulent dans le coin. J'ai peut-être le mauvais gars.

Il me fait un clin d'œil.

— Tiens, v'là un bloc extra gros, taillé dans une glace dure, la meilleure qui soit, pour mettre dans ta wagonnette. Et v'là un sac pour la couvrir. Si tu te dépêches, peut-être bien qu'elle aura pas commencé à fondre avant que t'arrives chez toi ! D'accord, Billy Batson ?

Je ne dis rien. Je le veux, ce gros bloc de glace. C'est mon anniversaire, vous savez.

Devant la cordonnerie Petigorsky, dans la rue Saint-Patrick, le vieux bonhomme Petigorsky balaie les marches de son escalier. Je devine qu'il entend mes souliers claquer sur le trottoir. Il arrête de balayer et les suit des yeux pendant que je marche.

— Hé, les gars, dit-il en souriant, je sais bien que vous ne pouvez pas arrêter, pour éviter que la glace fonde, mais savez-vous que je pourrais raccourcir ces souliers en un clin d'œil et sans frais ?

— Vous pourriez les raccourcir ?

— Facile, dit-il. Il me suffirait d'en retrancher le bout en faisant *coupe-coupe* avec ma petite machette ! Comme une circoncision ! HA ! HA ! HA ! Tu n'aurais même pas besoin de les enlever ! HA ! HA ! HA !

Très drôle, monsieur Petigorsky.

De retour chez moi, Billy m'aide à sortir le gros bloc de ma wagonnette. Nous utilisons une pince à glace et nous nous mettons à deux pour le transporter jusque dans la cuisine. Nous

montons chacun sur une chaise et nous sou-
levons la lourde glace pour la déposer dans la
partie supérieure de notre glacière.

Ma mère est dans la cour avec Phil. Sur la
table, je remarque un bol, de la farine, de la
poudre à pâte, de la vanille et des carrés de
chocolat.

Tiens, ça se pourrait bien qu'on ait un
gâteau de fête.

J'ai deux cents dans ma poche, alors je
propose à Billy d'aller au magasin Provost,
dans la rue Cobourg. Nous pourrions acheter
un sac à surprise et voir à l'œuvre le centenaire à la tapette à mouches.

Au moment opportun, je vais demander à
Billy de me dire la vérité au sujet de son père.

Au magasin, nous achetons un sac à surprise et nous l'ouvrons pour le partager. Le
partage est facile à faire : Billy aime les boules
noires et pas moi, et j'aime les jujubes, mais
pas lui.

Le vieil homme est assis dans un coin. C'est
lui, l'attrapeur de mouches – le grand-père de
monsieur Provost. Ils lui ont trouvé une chaise
qui ressemble à une chaise haute d'enfant
munie d'un plateau. Sur le plateau, il y a du
sucre renversé. Le vieil homme tient une tapette
dans chaque main, des mains qui sortent droit
vers le haut de ses deux poings osseux. Il ne
bouge pas. Il ne cligne pas des yeux. Il n'a

même pas l'air de respirer. Il attend qu'il y ait dix-neuf mouches en même temps. Son record est de dix-huit, m'a dit monsieur Prévost. Il l'a atteint à Noël, l'an dernier. Mais c'étaient des mouches apprivoisées qu'on lui avait achetées en cadeau à l'animalerie Radmore. À l'époque, le docteur Radmore élevait des mouches dans un incubateur pour les vendre à des gens qui avaient adopté des serpents ou des grenouilles comme animaux de compagnie. Mais ça, c'était avant qu'ils le mettent en prison pour avoir torturé des chiens et des chats.

Le vieillard à la tapette à mouches aura bien du mal à briser son record, parce que ces mouches-ci sont sauvages et que les mouches sauvages sont bien plus intelligentes et plus rapides que les autres.

Le vieil homme attend.

Il y en a douze sur le plateau. Mais elles vont et viennent. Du côté où les yeux du vieil homme se portent en ce moment, il y en a deux autres, une au-dessus de l'autre, qui bourdonnent très fort. Ses yeux brillent. Il ne veut pas briser le record. Il veut ces deux mouches-là.

Et voilà les deux tapettes qui s'abattent. Une sur le couple bourdonnant. L'autre sur le groupe de douze.

En plein dans le mille !

La bouche édentée du vieillard s'ouvre toute grande, et il rit comme une chèvre.

— ELLES N'ONT JAMAIS SU CE QUI LES AVAIT FRAPPÉES! s'écrie-t-il. Elles n'ont jamais su ce qui les avait frappées!

— Billy, dis-je. Regarde-moi.

Les yeux de Billy quittent les mouches mortes pour se poser sur moi. Je lui fais le visage que tout le monde serait obligé de croire, selon ma grand-mère.

— Si je te le demande, Billy, vas-tu me dire la vérité?

Billy a les lèvres noires, à cause des boules qu'il a mangées.

— SHAZAM! dit-il.

— Est-ce que c'était ton père, l'autre nuit, quand les policiers sont venus? Est-ce que c'était lui, Billy?

— BOUM! fait Billy.

— Est-ce que c'était lui, Billy?

— Oui, reconnaît mon ami.

Nous revenons chez moi pour voir s'il se passe quelque chose pour mon anniversaire.

Ma mère a invité quelques personnes à manger un morceau de gâteau de fête. Lenny Lipshitz et sa mère sont venus, mais sont repartis aussitôt après avoir mangé leur morceau. Lenny a raconté qu'il devait aider son père à poser un nouveau sabot à son vieux cheval, mais, à l'expression qu'il avait en le disant, tout le monde a soupçonné que c'était un mensonge.

Avant qu'ils repartent, ma mère a tout juste eu le temps d'expliquer à madame Lipshitz le pourquoi de l'inscription sur le gâteau.

Le gâteau disait ceci :

BON ANNIVERSAIRE
PHIL
E

Voyez-vous, pendant qu'elle écrivait sur le gâteau avec le truc qu'il faut tordre, elle a dû s'arrêter et le déposer parce qu'une casserole d'eau bouillait sur la cuisinière. Mais, dès qu'elle a eu le dos tourné, Phil s'est emparé du truc et il a déboulé l'escalier qui mène à la cave avec, et ça l'a brisé, alors elle n'a pas pu finir d'écrire

— T
MARTIN

Billy veut le morceau de gâteau avec le E. E pour ENDURANCE.

Madame Batson était trop triste, alors elle est restée chez elle. Madame Sawyer est assise sur le bon côté du divan avec sa soucoupe de gâteau et elle lit la lettre de Buz pour la centième fois.

Le bateau sur lequel Buz rentre au Canada s'appelle l'*Andrea Doria*. Ce n'est plus qu'une simple question de jours avant qu'il arrive.

Horseball et quelques-uns des Laflamme arrivent et finissent le gâteau. Horseball essaie de convaincre tout le monde de chanter *Bonne fête,* mais, sitôt la chanson entonnée, voilà monsieur Laflamme qui s'amène. Il essaie d'annoncer quelque chose à la ronde, mais il tousse tellement qu'on n'arrive pas à le comprendre, au début. Il finit quand même par sortir sa nouvelle :

— ...à la radio... la bombe atomique... au Japon...

Alors on passe tous la porte et on entre chez les Laflamme pour écouter leur radio. (On n'entend rien avec la nôtre, les tubes sont trop faibles.)

La radio des Laflamme nous apprend qu'au Japon une ville a été anéantie au grand complet, et que des milliers de personnes ont été tuées par une seule bombe. Une bombe atomique.

Le nom de la bombe était *Little Boy*, ce qui veut dire «petit garçon».

Et maintenant, c'est sûr, la guerre va se terminer.

Cheap et moi, on s'imagine ce que ça serait s'ils laissaient tomber la bombe atomique, *Little Boy,* sur la rue Papineau au coin de Cobourg. Tout le quartier rasé, devenu aussi plat que Angel Square. Tout le monde mort. Aussi mort que grand-maman. Brûlé. Ma mère et le bébé dans son ventre et mon père et grand-papa à l'asile et tous les Laflamme et Billy et sa mère et son père, qui n'a qu'un seul œil (où qu'il soit), et madame Sawyer et Lenny Lipshitz et sa mère et son père et le cheval de son père et la tapette à mouches humaine et...

Il n'y aurait que Cheap et moi qui serions toujours là, pour une raison quelconque. Un miracle.

Et là, à travers la fumée, apparaît Buz. Surgissant du nuage de poussière, le voilà qui arrive, son sac de soldat en bandoulière... et nous nous précipitons vers lui... en essayant d'expliquer...

Ils n'ont jamais vu ce qui les avait frappés, j'imagine!

— Eh bien, dis-je à Cheap. Bon anniversaire, Martin O'Boy!

Et soudain, je pense à quelque chose.

Cheap et moi, on n'a pas eu de gâteau.

20

Monsieur Georges
emprunte un garçon

Monsieur George n'est pas à la chorale, ce soir. Il est dans l'église, cependant – au-dessus de nous, en train de répéter un morceau sophistiqué sur l'orgue à tuyaux, en vue de la célébration spéciale que le révérend veut organiser pour souligner la fin de la guerre, qui arrivera très bientôt, maintenant que tout le monde au Japon est pour ainsi dire mort à cause de la bombe atomique *Little Boy*.

Le martèlement de la musique nous parvient par les tuyaux de chauffage, tellement fort qu'on peut à peine chanter nos hymnes. Et le pied de monsieur Skippy claque, claque et claque encore pour maintenir la cadence, afin qu'on puisse répéter même si monsieur George essaie de nous enterrer. La pièce qu'il joue s'appelle *LA MARCHE DU COURONNEMENT*. Une pièce festive! Il y met tant d'énergie, tant de bonheur, tant de joie. Je peux imaginer son visage, ses multiples yeux qui clignotent, il est au septième ciel. Oh là là ! Oh là là ! Oh là là là !

On est au milieu de notre répétition environ, et monsieur Skippy claque toujours sur le plancher de son pied infirme pour battre la mesure, quand l'orgue s'arrête tout à coup. On entend bientôt la marche numéro neuf qui craque, et monsieur George entre dans la salle. Il ne me regarde même pas, et je ne le regarde pas.

— Monsieur Skippy, pourrais-je emprunter un de vos petits chanteurs d'été pour monter à la chapelle avec moi et tourner les pages de mes partitions pendant que je répète ?

Monsieur George passe la chorale en revue. Ses yeux balaient le groupe, les plafonniers faisant rutiler ses épaisses lunettes, qui donnent l'impression qu'il a beaucoup d'yeux. Il va en choisir un parmi nous. Je suis certain que ce sera moi, son préféré. S'il me choisit, je n'y vais pas. Je vais lui dire que je dois quitter plus tôt pour prendre soin de mon frère – que c'est une urgence.

— Bien sûr, dit monsieur Skippy, vous pouvez emprunter un des petits chanteurs. Qui vous voulez. Choisissez-en un, n'importe lequel !

Les yeux de monsieur George passent par-dessus moi pour se poser sur Billy.

— Billy, tu veux bien venir m'aider, n'est-ce pas, comme un bon garçon… Allez, viens.

Billy et monsieur George s'en vont ensemble.

Monsieur George a posé sa grosse main sur l'épaule de Billy.

Je déteste monsieur George.

J'aimerais trouver une façon de lui régler son compte. Lui faire mal. Mais je ne sais pas comment. Que ferait ma grand-mère ? Elle se retournerait d'un coup sec et le transpercerait en pleine figure !

La répétition de la chorale se termine.

Little Boy a tué cent cinquante mille personnes, dit le journal.

Ça fait beaucoup de voitures noires, grand-maman.

Quelqu'un a réparé la lumière de l'escalier, de sorte qu'il n'y fait plus noir. Plus besoin de s'accrocher à la rampe pour monter ou descendre. Monsieur George joue toujours. L'orgue à tuyaux ébranle les murs. On sent les vibrations dans l'escalier en bois.

Même dehors dans la rue King Edward, on entend la musique spéciale de monsieur George. Ça vibre derrière les vitraux de l'église. Les notes graves grondent, et les notes aiguës montent et descendent comme une jolie cascade.

Je descends la côte, et la musique me parvient de très loin maintenant. Je me demande à quoi elle ressemble, là-haut dans le jubé, là où monsieur George nous a fait monter l'autre jour, moi et les petits chanteurs d'été, à l'intérieur même de la musique – de tous ces tuyaux d'orgue.

Un autre bal de rue bat son plein près de l'intersection des rues King Edward et Rideau. Des marins dansent avec de jolies filles. Ces demoiselles portent les bonnets des marins inclinés sur leurs têtes. Un disque de Glen Miller résonne dans les haut-parleurs. Il y a des soldats, aussi. Les marins prétendent qu'ils dansent mieux qu'eux.

Les soldats répondent que ça se peut bien en effet, mais qu'ils peuvent embrasser plus de filles que les marins, et, là, tout le monde part à rire.

D'ici, je n'entends plus du tout la musique de monsieur George. L'église est en haut de la côte et très loin.

Comment est-ce que je pourrais bien faire mal à monsieur George?

Qu'est-ce que je pourrais faire, hein, grand-maman?

21

Voilà ce qu'on récolte

C'est fini! La guerre est terminée! Il y a eu une autre bombe atomique! «Une ville du Japon rayée de la carte!» dit le *Ottawa Journal*. Cette ville, c'est Nagasaki. Cette fois, la bombe s'appelait *Fat Man* («gros homme»).

Des milliers et des milliers de personnes ont été brûlées vives. Encore d'autres voitures noires, grand-maman.

Tout le monde délire. Ils ont capitulé! C'est fini! Ils ne pouvaient plus en supporter davantage. Deux bombes atomiques ont anéanti, rayé de la carte deux villes du Japon!

On organise des fêtes partout. Il y a des préparatifs pour célébrer en grand dans la rue Cobourg. Depuis hier soir, quand tout le quartier est sorti pour se soûler, les chaussées sont jonchées de papier déchiré, de bouteilles, de confettis et de vitre.

Tout le monde veut qu'il y ait un défilé. Participer à un défilé. Apporter un objet pour faire du bruit ! Près de l'intersection des rues Saint-Patrick et Cobourg, il y a un wagon plat. Des gens construisent une potence, le truc où l'on pend des gens jusqu'à ce que mort s'ensuive. Ils peignent un écriteau. Jusqu'ici, ça dit : PENDRE H.

Ma mère a le ventre tellement gros qu'elle peut à peine marcher. Le bébé aurait dû venir au monde voilà quelques jours déjà – en fait, le jour où tout le monde a été tué au Japon. Maintenant, tout le monde s'est encore fait tuer, mais le bébé ne veut toujours pas sortir. Il a peur, peut-être.

Près de la cordonnerie Petigorsky, des gens fabriquent un pantin géant avec de la paille et de vieux vêtements. À côté, une pancarte dit HIROHITO.

— C'est quoi, un Hirohito ? demande un gamin.

— Hirohito, c'est le roi du Japon, dis-je.

Il faut croire que ce gamin ne lit jamais les journaux.

La buanderie Lee Kung est fermée. Pas de vapeur qui s'échappe de sous la porte. Mais de la musique qui s'échappe des fenêtres de l'étage.

Je remonte la rue York jusqu'à la taverne Lafayette. Un gros ventilateur dans le mur, près de l'entrée, souffle dans la rue la fumée

172

de cigarette, les relents de bière et les gaz d'estomac. Derrière la porte, j'entends un rugissement de voix et de cris. Je l'ouvre et je pointe la tête à l'intérieur pour voir si je n'apercevrais pas mon père. Les senteurs, les rots, la fumée et le bruit me frappent au visage comme un gros madrier. Je ne peux pas voir s'il est là ou pas. C'est bondé d'hommes et de fumée là-dedans. Ça crie, ça chante, ça rit et ça donne des coups sur la table. Les bouteilles et les verres tintent et s'entrechoquent et se brisent. Les hommes assis près de la porte remarquent ma tête qui pointe.

— Hors d'ici! Reviens dans dix ans, disent-ils en chœur dans un grand éclat de rire.

C'est alors que j'aperçois mon père, plus loin à l'intérieur, mais lui ne me voit pas. Il raconte une blague, et tout le monde rit. Mon père est très drôle quand il sort.

Il n'est pas toujours drôle à la maison.

Jamais je ne pourrais raconter à mon père les choses que monsieur George m'a obligé à faire. Ce qu'il a fait au parc Heney. Mon père ne m'aiderait pas, je le sais très bien. Il dirait probablement : «Voilà ce qu'on récolte quand on passe son temps à chanter avec les protestants!... »

Dans les portes du magasin Woolworth de la rue Rideau, je vois des annonces imprimées. Une d'elles se lit comme suit :

À VENDRE

Uniformes militaires.
Médailles de guerre.
(s'adresser à l'intérieur)

Non, mais quelle est l'idée de vendre son uniforme militaire ? Ou ses médailles ?

Voici ce que disent les autres annonces :

FILLE POUR REPASSER ET LAVER LA VAISSELLE

*Deux soirs/semaine
à 30 cents de l'heure*

CHAMBRE-SALON

pour une jeune fille tranquille
– 30 $ par mois – rue Catherine

ACHETEZ **JAMBE PARFAITE**

*Le maquillage durable
qui donne à vos jambes
l'apparence d'une peau dorée,
crémeuse et veloutée
avec la transparence d'un bas de nylon !*

Gros flacon de 120 g
à seulement 49 cents !

Il faut que je lise tout ce qui me tombe sous les yeux. C'est plus fort que moi.

Je m'imagine la jeune fille tranquille dans la chambre-salon en train d'étaler sur ses jambes le truc doré, crémeux et velouté pour faire croire qu'elle porte des bas de nylon, parce qu'elle s'apprête à sortir pour décrocher l'emploi à deux soirs/semaine pour repasser et laver la vaisselle. Je sais bien qu'on la lave, mais j'ignorais qu'on pouvait *repasser* la vaisselle.

Une grosse fête commence au square de la Confusion. Le monument commémoratif de guerre est envahi d'enfants à califourchon sur les gros chevaux de fer noir, assis sur les épaules et les têtes casquées des soldats, ou montés sur le gros canon. Ils sont sous les roues et les sabots ferrés des chevaux. Si les montures se mettent à bouger ou que le canon entre en action, ils vont se faire écrabouiller. Mais ça ne peut pas arriver, grand-maman, c'est seulement une sculpture.

À ma mère non plus, je ne peux pas raconter ce qui est arrivé avec monsieur George : elle ne saurait pas quoi faire. Elle ne ferait que pleurer et elle laisserait brûler les aliments sur la cuisinière, de sorte que Phil se mettrait à hurler et à brailler.

Des semi-remorques servant au transport du bois et du charbon roulent dans le quartier, remplis de gens portant des enseignes et des drapeaux. *C'est fini,* disent les enseignes. Et *Pendez Hirohito!*

Le cheval d'un laitier est encore affublé de sa musette, et quelqu'un y a flanqué un drapeau. Chaque fois que l'animal baisse la tête pour aller chercher les grains d'avoine et les aspirer dans sa gueule, le drapeau s'agite.

Et je ne peux pas en parler à monsieur Skippy : il ne me croirait peut-être pas et, de toute façon, il est l'ami de monsieur George.

Je descends en direction du Théâtre français.

Des passants crient à l'intention des gens sur les balcons ou dans les fenêtres :

— Bientôt l'essence ne sera plus rationnée!

— Et alors? Vous n'avez pas de voiture, de toute façon!

Au Théâtre français, on présente le film *Deux nigauds,* mettant en vedette Abbott et Costello. Bud et Lou se retrouvent dans l'armée par erreur. Les Andrews Sisters y chantent *Boogie Woogie Bugle Boy.* Je l'ai vu.

Je descends la ruelle derrière le cinéma pour voir si la sortie de secours est ouverte. Une petite file attend pour voir le film. Peut-être que je peux faire un peu d'argent.

La sortie de secours n'est pas ouverte. Pas d'argent à faire aujourd'hui.

Je contourne l'édifice et reviens devant la façade du cinéma et, là, je vois monsieur George, qui entre pour voir le film. Et il y a quelqu'un avec lui…

Billy Batson !

22

Le parapluie
de grand-maman

*F*LAP SLAP, *slap flap.* Je marche vers chez moi.

Dans les rues bondées, les gens dansent et s'embrassent, les jeunes en socquettes comme les vieillards. On fait flotter des drapeaux et on fait claironner les klaxons. On agite des crécelles et on lance des confettis. Les gens se promènent en zigzag, les enfants crient de joie, les chiens aboient, des bébés et des personnes âgées se font pousser en carrosse ou en fauteuil roulant, les garçons courent partout, entrent par ci, sortent par là, les filles rigolent, flirtent et se parent mutuellement de rubans.

Voilà monsieur Lipshitz qui s'amène, l'air bien éveillé, promenant sa charrette remplie de gamins qui font un joyeux tintamarre avec des casseroles et des bâtons. Son cheval a l'air de marcher plus droit que d'habitude. Il célèbre, lui aussi.

Une abondante pluie chaude s'abat tout à coup.

— Ce n'est qu'une averse! Juste une averse! Continuez à danser! Soyons mouillés jusqu'aux os!

Il y a des bouchons de circulation, des pétards qui explosent sous les roues des tramways. On a décoré les voitures, les camions à glace et les charrettes des laitiers. Les cloches des églises carillonnent, la bière coule dans les caniveaux, des feux d'artifices et des fusées éclatent. Il y a des coups de sifflet, des feux de joie, de petits défilés, des coups de bâton sur des chaudrons, des bruits de toute sortes – frottements de planches à laver, sirènes, cloches de tramways et d'écoles, sifflets de trains –, des gens qui soufflent dans de vieux clairons, d'autres qui brûlent et pendent Hirohito, d'autres encore, complètement détrempés, qui enroulent du papier sur les câbles…

Au milieu du terrain de crosse, à Angel Square, trône un piano. Un gars y joue *Roll Out the Barrel!*, et une petite foule chante autour de lui.

Il me vient tout à coup une affreuse pensée qui m'enveloppe comme une couverture noire: monsieur George va faire à Billy la même chose qu'il m'a faite, à moi.

Du crottin de cheval s'évapore dans l'eau de pluie. Ça me rappelle Buz Sawyer jouant au hockey. Buz, le meilleur manieur de bâton de la rue.

En hiver, on utilise du crottin de cheval gelé comme rondelle. La rue devient notre patinoire, les bancs de neige en sont les bandes. La patinoire mesure cinq pâtés de maisons de long : la rue Cobourg entre Rideau et Saint-Patrick. Tous les gens de la rue jouent. En maniant le crottin gelé avec son bâton, Buz peut déjouer n'importe qui, d'un bout à l'autre de la patinoire. On forme habituellement deux équipes. Buz en est une à lui tout seul. Le reste des joueurs sont dans l'autre. Il commence en haut de la rue et manie son crottin gelé sur cinq pâtés de maisons, déjouant un à un tous les enfants de la Basse-Ville qui essaient de l'arrêter.

Buz est également le meilleur lanceur.

D'un tir du poignet, il peut lancer le crottin de cheval et faire tomber la casquette du facteur. Il peut en faire passer un à travers votre boîte aux lettres. C'est le meilleur. Je voudrais tellement qu'il soit ici en ce moment. Il me dirait quoi faire.

Je frappe à la porte de madame Batson, et elle vient ouvrir.

— Martin, Billy n'est pas ici, dit-elle. Il est allé au cinéma avec des garçons de la chorale.

— Madame Batson, dis-je, il y a un homme méchant dans la chorale, et il va essayer de faire du mal à Billy.

Madame Batson me fait entrer. Je ne suis jamais venu ici auparavant.

Je lui raconte une partie de ce qui m'est arrivé avec monsieur George. Pas tout. Pas beaucoup. J'ai trop honte. Juste assez. Je lui dis que Billy est au cinéma avec monsieur George. Elle attrape son sac à main.

— Allons-y, dit-elle, et nous filons hors de la maison.

Nous descendons la rue en vitesse.

Nous sommes les deux seuls à ne pas célébrer.

Il y a des rires et des pleurs, des baisers et des embrassades, des cris et des escalades, des coups de canons, le bruit des sirènes d'alerte pour les raids aériens, des radios et des tourne-disques qui jouent à tue-tête, des gens qui lancent n'importe quoi dans les airs, d'autres qui paradent sur le toit des voitures ou des tramways, des tambours et des bâtons de baseball, et des moules en fer-blanc, des déguisements maison, des hommes avec des béquilles, des enfants en maillot de bain sous la pluie, des seaux à beurre sur lesquels on scande *Hail, hail, the gang's all here!*[6] Une vieille femme

---

6. Salut, salut, toute la bande est là.

pleure, appuyée à un poteau. Il y a des bombes de fumée, des banderoles faites de papier hygiénique, des pompiers, des policiers, et des gens qui se rassemblent pour chanter *Roll out the barrel, we'll have a barrel of fun!*[7]

Madame Batson achète deux billets, et nous entrons au Théâtre français. Sur l'écran, Abbott et Costello défilent avec tous les soldats. Quand le bataillon tourne à gauche, Costello tourne à droite par erreur, et les spectateurs éclatent de rire dans la salle.

— Billy! Billy! appelle madame Batson. Billy, où es-tu?

Les spectateurs lui disent de s'asseoir. De s'asseoir et de se taire. Nous marchons jusqu'à l'arrière. Je vois monsieur George se lever, filer jusqu'à l'allée qui donne sur l'autre bout de la rangée de sièges et dévaler l'escalier. Billy est assis là. Nous nous rendons jusqu'à lui. Il pleure.

Nous lui disons de venir avec nous, que nous nous en allons à la maison.

Monsieur George a disparu. Il a décampé.

De retour à la maison des Batson, je raconte à Billy et à sa mère un peu plus de ce qui s'est passé avec monsieur George au parc Heney.

J'ai l'impression que nous jouons dans un film. Billy est le Capitaine Marvel, et je suis

---

7. Sortez les tonneaux, on aura une tonne de plaisir.

Alan Ladd. Quand j'explique les faits à madame Batson, elle devient tantôt Veronica Lake, tantôt Dorothy Lamour, tantôt Barbara Stanwyck, tantôt Judy Garland. J'en raconte un peu plus sur ce qui est arrivé au parc Heney. Je sors ça petit bout par petit bout, tandis que la caméra tourne autour de nous, qui demeurons assis au même endroit. Ce n'est pas moi qui raconte ça. Je suis Alan Ladd, alors c'est correct. J'en dis un autre petit bout. Pas tout. Pas l'histoire au complet. Une partie seulement. Là, une musique de film dramatique se met à jouer dans ma tête. J'en dis davantage. Puis tout sort. Et ça suffit.

Au tour de Billy, maintenant, de raconter comment ça s'est passé avec monsieur George pendant le film, au cinéma. C'est la même chose pour lui – ce que monsieur George m'a fait, à moi. Madame Batson pleure. Si seulement monsieur Batson était là. Monsieur George a fait des choses à Billy là-haut dans le jubé, également, là où sont les tuyaux d'orgue.

Maintenant, Billy aussi déteste monsieur George.

Si seulement monsieur Batson était dans les parages. Il pourrait peut-être aller tuer monsieur George.

Mais voilà que le film dans lequel nous jouons se transforme.

Sur le mur est accrochée la photographie d'un bel homme : monsieur Batson, avant qu'il tombe malade. Madame Batson se met à nous parler de lui. Elle nous dit comment il était. C'était un homme gentil et intelligent.

Ça, c'était avant qu'ils emménagent dans la rue Papineau, quand Billy n'était qu'un bébé. Et là, monsieur Batson a commencé à être malade. Il pouvait disparaître pendant des jours, revenir sale à la maison, les vêtements déchirés. Il s'est fait renvoyer du moulin à papier et embaucher à l'abattoir.

L'abattoir.

Dans le salon de madame Batson et de Billy, tout se passe soudain au ralenti… devient très, très lent… Et voilà que les choses grossissent… la photo sur le mur, la voix de madame Batson… Avant qu'ils emménagent dans la rue Papineau. L'abattoir. C'est comme si nous étions tous sous l'eau, ici dedans.

— Et un bon jour il est revenu à la maison le visage en sang, dit madame Batson, dont la voix ralentit et s'amplifie. Il avait dû se battre ou quelque chose, au parc Strathcona, près de la fontaine du baron Strathcona. Son œil était grièvement blessé. Plus tard, il l'a perdu. Il a perdu son œil. On a dû lui mettre un œil de verre. Après cela, à l'hôpital, il s'est mis à attaquer les gens, alors on l'a arrêté et on a fini

par l'enfermer – une maladie du cerveau...
Très triste...

La voix de madame Batson s'estompe...

Ma grand-mère!

Oh, grand-maman, c'était toi, n'est-ce pas? Toi, si brave. Tu t'es arrêtée brusquement, tu t'es retournée près de la fontaine du baron Strathcona et tu...

Est-ce que je devrais leur dire, grand-maman, que c'était toi?

Je voudrais tellement que tu sois vivante et ici, en ce moment, pour m'aider! Pour nous aider!

23

La marche du couronnement

Pendant que je me prépare pour aller à l'église et que j'enfile ma chemise propre, ma mère gémit dans le lit. Elle parle du jour où Phil est né. Où je suis né.

— Le jour de votre naissance, les jumeaux, a été le plus chaud de l'année. Tout collait à tout. Je voyais perler la sueur sur le visage du docteur. L'uniforme de l'infirmière était mouillé de part en part. Je pouvais à peine respirer tant c'était suffocant. Il n'y avait qu'une seule fenêtre dans cette chambre de l'hôpital Grace. Pas la moindre petite brise. Ils avaient installé un ventilateur, mais il ne faisait que souffler plus d'air chaud dans la pièce. Et là, le médecin a demandé qu'on m'applique un sac de glace sur la tête, mais ils n'avaient plus de glace alors ils me mettaient des compresses froides… puis ils vous ont déposés sur moi, vous, les jumeaux,

un dans chaque bras, et tout était détrempé…
Toi d'abord… et puis Phil…

Pendant qu'elle parle, je regarde dans son tiroir spécial, celui que je ne suis pas censé ouvrir à moins qu'elle soit là.

Mon père est dans la cour avec Phil.

Elle garde ses plus belles choses dans ce tiroir qui sent le parfum. Des mouchoirs secrets en soie, de la dentelle et des rubans à cheveux, des broches et des barrettes, des lettres et une longue épingle à chapeau à tête ouvragée. Ce petit tiroir, grand comme une boîte à souliers du magasin de chaussures Chez Lefebvre, glisse aussi doucement que du satin.

C'est la plus belle partie de la maison, ce tiroir.

Quand j'étais un petit enfant, je voulais aller vivre dans ce tiroir. Ramper dedans et rester là dans le noir sans jamais en sortir. Avec le parfum, la soie et les lettres qui sentent le parfum Blue Grass.

Loin de Phil.

En sortant de la maison, j'attrape le parapluie de grand-maman.

Je cogne à la porte de Billy, et nous partons pour l'église.

Nous avons un plan.

Personne n'est au courant à part Billy et moi, mais nous avons abandonné la chorale. Nous n'y retournerons plus jamais, et nous

nous fichons bien de ce que quiconque pourra dire.

Nous ne prenons pas le chemin habituel. Nous ne voulons pas arriver par l'arrière de l'église, là où monsieur Skippy, les enfants de chœur ou monsieur George pourraient nous voir. Et nous ne voulons pas arriver en avance non plus.

Il y a plein de monde à l'église en ce dimanche. La plus grosse foule qu'on ait jamais vue. L'église est pleine. C'est à cause de la fin de la guerre.

L'écriteau à l'extérieur de la façade de l'église dit ceci :

EN CETTE JOURNÉE
D'ACTION DE GRÂCE NATIONALE
NOUS VOUS PRÉSENTONS
AUJOURD'HUI

UN RÉCITAL D'ORGUE SPÉCIAL

LA MARCHE DU COURONNEMENT
DE SIR WILLIAM WALTON

À L'ORGUE :
M. THEODORE DONALD SAMUEL GEORGE

Theodore Donald Samuel ? Tout lire. Quel nom ! T.D.S. George. Un nom que nous détestons.

Billy connaît tout de la pièce, *LA MARCHE DU COURONNEMENT*, que monsieur George va interpréter. Monsieur George est très fier de sa façon de jouer. De jouer cette pièce-là, surtout, en cette journée d'Action de grâce nationale. Combien de fois il l'a jouée et rejouée pendant que Billy tournait les pages de sa partition ! Billy sait tout de *LA MARCHE DU COURONNEMENT*.

Les gens sont entrés dans l'église, maintenant, et nous entendons l'orgue et les choristes qui chantent en portant la croix pour se rendre à leur place.

Ô Dieu qui de tout temps nous aides...

Je chante avec eux à la Bing Crosby. Et Billy fait de même.

Puis, nous entendons le révérend qui commence le service religieux.

C'est alors que nous contournons l'église jusqu'à l'arrière. Nous entrons, nous nous rendons en bas et, de là, nous remontons par l'escalier de côté qui mène au jubé, où se trouvent les tuyaux d'orgue.

Je soulève Billy pour qu'il prenne la clé. Nous ouvrons la porte, nous entrons dans la pièce des tuyaux et, tout doucement, nous refermons. À travers les fentes du mur, nous voyons monsieur George, assis à l'orgue. Nous voyons aussi le révérend et une bonne partie de l'assistance.

Mais personne ne peut nous voir, parce que nous sommes dans l'obscurité.

Billy m'a tout raconté au sujet de la pièce que monsieur George va interpréter devant tout le monde. La pièce dont il est si fier. *LA MARCHE DU COURONNEMENT.*

Regardez-le donc, assis là ! Il a tellement hâte de montrer aux centaines de personnes rassemblées dans l'église quel grand et merveilleux organiste il est.

LA MARCHE DU COURONNEMENT dure environ huit ou neuf minutes. Elle a été composée pour célébrer le couronnement du roi Édouard numéro huit, mais, comme il a démissionné avant qu'on puisse le couronner, on l'a plutôt jouée pour son frère, le roi Georges, quand on lui a remis sa couronne.

Peut-être que monsieur George s'imagine être le roi Georges, assis là comme ça. Il a tellement hâte de jeter ces gens de la Côte de Sable en bas de leur siège en jouant *LA MARCHE DU COURONNEMENT.*

Billy m'a dit que la pièce commence par la TOCCATA : environ deux minutes et demie de grosse musique débridée, excitante et ostentatoire. Ensuite, ça se calme et ça devient plus noble et plus majestueux dans l'HYMNE

PROCESSIONNEL, où le roi s'avance probablement pour aller chercher sa couronne, mais,
là, monsieur George revient à la TOCCATA,
en jouant encore plus fort que la première fois.
Après cela, il reprend l'HYMNE PROCES-
SIONNEL une autre fois, avec encore plus de
noblesse et de majesté, pour aboutir à la
CODA. La grande finale, comme l'appelle
Billy. Dans la CODA, on s'imagine que ça va
finir, sauf que ça ne finit jamais.

Et il y a une longue note aiguë, sonnant
comme une trompette, qui est jouée pour
donner l'impression que la CODA est, en fait,
terminée, mais elle ne l'est pas.

— Ce n'est jamais fini tant que ce n'est
pas fini, a dit monsieur George à Billy.

C'est la fois où il a fait monter Billy ici, au
jubé de l'orgue, et qu'il lui a montré *le* tuyau
qui produit cette note aiguë particulière qui
dure aussi longtemps.

Pauvre Billy…

Ce que monsieur George lui a fait faire
dans ce jubé…

C'est le moment de la pièce que monsieur
George préfère entre tous. La grande finale.
Il adore quand l'assistance s'imagine que c'est
fini et que ça ne l'est pas. C'est lui, mon-
sieur George, le patron de toute l'assistance.
C'est lui qui dira aux gens quand ce sera fini.

C'est le patron. C'est le roi. Monsieur le roi George.

Il la joue six fois, cette longue, longue note de trompette qui est un do très aigu, dit Billy. Cinq fois où on pense que c'est fini mais que ça ne l'est pas. Puis, finalement, une sixième fois où c'est effectivement fini.

Billy me conduit au tuyau en question : c'est l'un des plus petits. Il y a un morceau de ruban gommé collé sur le côté du tuyau. On peut à peine le voir dans le noir presque complet de la salle.

Le tuyau le plus important. « Trompette-do », dit le ruban gommé.

La note principale de monsieur George.

Billy et moi passons le plan en revue en chuchotant. Tout est prêt.

J'ai le parapluie de grand-maman à la main. Je montre à Billy le bout pointu et je lui murmure dans l'oreille :

— Il faut que je te dise quelque chose, Billy.

— Quoi ? chuchote Billy dans mon oreille.

— Tu te rappelles, ta mère a dit que ton père avait dû se battre ou quelque chose, et qu'il s'était fait crever un œil ?

— Oui ? murmure Billy dans mon oreille.

— C'est ma grand-mère qui l'a fait. Il a essayé de l'attaquer, et elle lui a enfoncé dans l'œil le bout pointu du parapluie que tu vois ici.

— Ta grand-mère ?

— Oui.

Billy fixe la longue pointe acérée. Il la tâte de ses doigts. Il la touche. Des larmes coulent sur ses joues.

— Je m'excuse, dis-je en chuchotant. Je suis désolé que ce soit elle qui ait fait mal à ton papa.

— Ça va, Martin, chuchote Billy. Ce n'est pas ta faute.

Je murmure à l'oreille de Billy :

— Est-ce qu'il a réellement déjà été un homme gentil ?

— C'est ce que ma mère m'a dit, répond Billy à voix basse. Mais je ne m'en souviens pas.

— Peut-être qu'il voulait, mais qu'il ne pouvait pas, dis-je en oubliant de chuchoter.

— Peut-être, chuchote Billy. Ou peut-être pas.

Je demande en chuchotant :

— Es-tu triste, Billy ?

— Non ! dit Billy. SHAZAM !

Puis, oubliant à son tour de chuchoter, il lance :

— Réglons le cas de monsieur George !

Le révérend commence son sermon.

On passe notre plan en revue une autre fois.

Ça va se passer pendant la CODA, la dernière partie. La CODA dure une minute vingt secondes. Ce qui ne donne pas grand temps pour faire le travail.

Je regarde tous les gens qui sont là. Je ne connais personne dans l'assistance. Il n'y a personne de la Basse-Ville. Les gens qui sont ici viennent tous de la Côte de Sable. Ils portent tous de bien beaux vêtements, les gens de la Côte de Sable. Et ils regardent tous le révérend, qui prononce son sermon. Ils le regardent, mais ils n'ont pas l'air de l'écouter.

Certains d'entre eux donnent l'impression qu'ils vont tomber à la renverse. S'endormir. Le révérend a une voix très ennuyante. Ils font toujours une bonne sieste pendant ses sermons.

Mais le révérend annonce qu'il ne fera qu'un court sermon aujourd'hui, parce qu'il veut laisser la place à la présentation toute spéciale préparée pour ce jour national d'Action de grâce – *La marche du couronnement,* de sir William Walton, maître de la musique royale, que monsieur T.D.S. George interprétera sur notre merveilleux orgue à tuyaux.

Tiens, je pense que j'aperçois madame Ketchup et madame Dindon.

Encore un hymne et quelques autres prières, et le service tire à sa fin. La chorale ne sonne pas très bien, il me semble, sans moi et Billy.

Monsieur George va commencer à jouer. Il lève les bras en l'air et attaque les touches de l'orgue comme un animal se jette sur une proie. Il interprète la TOCCATA avec frénésie, agitant la tête de tous côtés, soulevant les épaules, bombant le torse, rentrant le ventre ! Le vacarme ici, dans la salle des tuyaux, nous donne l'impression que les dents vont nous tomber de la bouche.

— Regarde-le, me crie Billy à l'oreille. Il n'agissait pas comme ça quand il répétait.

C'est Darce the Arse qui tourne les pages pour monsieur George. Darce the Arse sera sa prochaine victime au restaurant Chez Imbro et ensuite au parc Heney.

L'assistance est tout à fait réveillée, maintenant.

Qui pourrait dormir à travers ça ?

Tout le monde observe monsieur George, qui se contorsionne, se tortille et s'étire tout en jouant. Certains le montrent du doigt. Ils le trouvent bizarre.

Maintenant, la grâce et la majesté de l'HYMNE PROCESSIONNEL amène monsieur George à se déplacer en rond sur son banc d'orgue, comme s'il était une sorte de danseur, ou quelqu'un qui essaierait d'embrasser l'air...

Puis de nouveau la TOCCATA, en plus gros, en plus fort... et puis encore l'HYMNE PROCESSIONNEL et là...

— Prépare-toi, dit Billy.

L'assistance a l'air de se demander ce qui va arriver, maintenant. Monsieur George commence à jouer la CODA. On dirait qu'il va exploser.

Il a une centaine d'yeux. Ses petites mâchoires se serrent et se desserrent. Les favoris brun-roux qui descendent le long de ses joues ressemblent à des crocs. Ses bras efflanqués et ses longs doigts bougent de haut en bas et de long en large sur les claviers, se tendent pour pousser et tirer les jeux et peser sur les boutons, si vite qu'il a l'air d'avoir plein de bras ; et, en dessous des claviers, ses jambes aux sept blessures se balancent, s'agitent et se promènent sur les marches du pédalier dans tant de directions qu'il a l'air d'en avoir plus que deux.

Il n'a pas l'air humain.

Monsieur George joue la première note aiguë en trompette-do.

— Maintenant ! dit Billy et il rabat le manchon du tuyau correspondant de cinq centimètres.

La deuxième des six notes en trompette-do de la CODA est maintenant trop haute. On jurerait que quelqu'un vient de se faire poignarder dans l'estomac avec un couteau rouillé de boucher.

Les gens en sont bouche bée. Ils ne peuvent en croire leurs oreilles. Monsieur George regarde ses notes. On dirait qu'il vient d'être frappé par la foudre.

J'attrape le parapluie de grand-maman et je m'attaque aux plus gros tuyaux – les notes du milieu – et je rabaisse les manchons aussi bas que je peux.

Et voilà que la CODA produit des bruits de guerre.

Je rabats d'autres manchons. Toutes ces notes sont maintenant trop aiguës.

Monsieur George continue à jouer. Il donne l'impression d'avoir les deux mains dans une ruche d'abeilles. Peu importe ce qu'il fait, le résultat est horrible. Il essaie différents accords. Il ne va pas abandonner. Le parapluie de grand-maman rabat d'autres manchons.

La troisième note en do aigu est le hurlement d'un chat qu'on étrangle.

La CODA est devenue un tremblement de terre.

Les fidèles se couvrent les oreilles des mains. Certains essaient de sortir de l'église. Les enfants crient.

La quatrième et la cinquième notes en do aigu sonnent comme toutes les maladies du monde réunies, et la CODA devient une bombe atomique.

Monsieur George a de la bave autour de la bouche.

Il joue toujours, essayant des notes, des jeux, des boutons différents. J'abaisse tous les manchons que je peux avec la poignée du parapluie de ma grand-mère. Quinze, seize, dix-sept.

Le dernier do aigu est un volcan. Les murs de l'église en grondent. Les vitraux en tremblent. Les gens se bousculent hors de leurs rangées en catastrophe. La fin du monde est proche.

Monsieur George a fini. L'écho des derniers affreux accords se répercute sur les murs et le plafond comme un monstre à l'agonie.

Monsieur George reste assis là. Il donne l'impression d'avoir reçu un coup de feu.

Les gens de la Côte de Sable gémissent: «Ô mon Dieu!» et passent la porte en trébuchant. Le révérend s'efforce de les calmer.

Billy et moi, nous sommes maintenant hypnotisés par ce que nous avons fait.

Voilà que monsieur George se lève brusquement.

Il lève les yeux droit vers le jubé de l'orgue. Droit vers nous, mais il ne peut pas nous voir à travers les interstices du mur. Le voilà qui bouge.

— Partons! dis-je à Billy. Il s'en vient!

— SHAZAM! dit Billy.

Nous quittons le jubé et nous voilà dans le hall. Trop tard! Il grimpe l'escalier deux marches à la fois. La seule cachette possible est derrière la porte ouverte.

Il souffle très fort. Puis il arrête de respirer. Il est juste à côté de nous de l'autre côté de la porte. Il pénètre doucement dans la salle des tuyaux.

— Je sais que tu es là, Batson. Et peut-être O'Boy aussi, hein? Mes deux petits chanteurs d'été. Eh bien, ce que vous avez fait à la pièce de monsieur George sur laquelle il a travaillé si fort n'était pas très gentil! N'est-ce pas? Je sais que vous êtes cachés là-dedans. Pourquoi ne sortez-vous pas pour tout avouer à monsieur George? Allez, montrez-vous. On a fini de s'amuser. Venez, on va avoir une petite conversation…

J'ai la clé dans la poche gauche de mon short. Quand monsieur George est assez loin dans la pièce, Billy et moi refermons la porte en la faisant claquer, et je la verrouille.

Puis nous filons au pas de course.

Autour de l'église, les gens de la Côte de Sable sont en état de choc.

— Il doit être fou, cet organiste!

— Si mes oreilles sont fichues, je vais le poursuivre.

— Où est-ce que Skippy Skidmore a bien pu pêcher une nullité pareille?

— Il paraît qu'il aime tripoter les petits gars!

— Des types comme lui, le révérend devrait tous les mettre à la porte !

Je m'écrie tout à coup :

— J'ai oublié le parapluie de ma grand-mère !

— Tu ne peux pas retourner ! dit Billy.

— Il le faut, dis-je. Je ne peux pas perdre ce parapluie !

Je dévale l'escalier arrière, croisant les choristes qui remontent.

— Boy O'Boy, me disent-ils tandis que je me fraie un chemin en sens inverse. Où étais-tu, O'Boy ? Tu es en retard, O'Boy ! Tu aurais dû entendre le récital spécial de monsieur George ! On aurait dit un asile d'aliénés en train de brûler !

Je grimpe par l'escalier latéral. Le parapluie de grand-maman est sur le plancher, à côté de la porte verrouillée. Je vais le chercher.

— Je te vois, O'Boy ! chuchote monsieur George. C'était donc toi !

Je peux voir un de ses horribles yeux multiples par le trou de la serrure, et j'ai envie de flanquer le bout pointu et acéré du parapluie au travers.

— Non ! dis-je.

— Je vais t'attraper, O'Boy. Et lorsque je t'aurai attrapé, je vais te faire mal ! Je vais tellement te faire mal que tu ne l'oublieras jamais. Je te trouverai bien. Je vais te trouver et te régler ton compte. Et lorsque je l'aurai fait, tu le regretteras infiniment! Un beau garçon. Mais tu ne seras plus beau après ça. Je vais t'arracher cette beauté!

Vous l'avez déjà fait, monsieur George.

Je repars avec le parapluie de ma grand-mère.

Monsieur George frappe la porte à grands coups.

— Ne dors pas, la nuit, O'Boy! hurle-t-il. Je serai en train de penser à toi, mon beau Boy O'Boy!

24

Abondance

L'*Andrea Doria*, le paquebot servant au transport des troupes, est rentré à Montréal hier. Buz sera ici cet après-midi ! À la gare Union ! Il descendra du train à treize heures !

Buz ! Le héros de guerre blessé ! Notre Buz !

À lui, je pourrai raconter ce qui est arrivé avec monsieur George. Je pense que je vais lui dire.

Je surveille Phil, dehors, dans la cour. Je m'exerce en faisant semblant qu'il est Buz.

— Buz, dis-je à Phil, il y a un homme à la chorale, c'est l'organiste pour l'été. Il était toujours gentil avec moi, il me donnait de l'argent et il m'achetait des coupes glacées Chez Imbro.

Le nez de Phil coule. Il essaie de me flanquer dans l'œil le bâton qu'il a à la main.

Je recommence :

— Buz, un homme à la chorale a coupé un bout de sa cape pour que le chat de la chorale n'ait pas besoin de bouger.

Phil essaie de poignarder mon chat avec le bâton. Cheap court se cacher sous le hangar.

— Buz, l'organiste de la chorale a dit qu'il me donnerait une de ses médailles de guerre si... Toi, Buz, est-ce que tu donnerais une de tes médailles de guerre à un enfant, comme ça?

On ferait mieux de rentrer. Mon père est venu dîner à la maison, et mes parents s'engueulent. Parfois, quand je suis là, ils s'arrêtent pour quelques minutes.

Ma mère a brûlé une casserole de macaroni au fromage sur la cuisinière. La cuisine est remplie de fumée. Phil s'étouffe en hurlant. Mon père le ressort dans la cour et l'attache avec sa longue corde. Ma mère est assise à la table. Elle a le dos appuyé en arrière. Son ventre avance pas mal.

— Ça peut arriver à tout moment, maintenant, dit-elle. S'il vous plaît, mon Dieu! Ou alors, pourquoi ne pas attendre qu'il fasse juste un petit peu plus chaud!

Je m'éclipse par la porte d'en avant, je passe chercher Billy et nous voilà en route! On file vers Angel Square, puis on monte vers le marché By et jusqu'à la gare Union. Là, il y a des Laflamme qui courent partout, Lenny Lipshitz et un tas de gens de la rue Cobourg, sans doute tous venus pour accueillir Buz et lui souhaiter la bienvenue.

Une fanfare s'apprête à jouer à l'intérieur de la gare, sur les marches qui descendent vers l'endroit où sont les trains. Il y a plein de gens avec des fleurs, des bébés et des drapeaux.

Soudain, tout le monde se met à crier :

— Voilà le train ! Il est arrivé ! Les troupes sont revenues chez nous !

L'employé de la gare ouvre les grosses grilles de fer, et on aperçoit des soldats et des marins qui traversent le quai et entrent dans la gare, leurs gros sacs marins en bandoulière. Les gens se dirigent vers eux et ils hâtent le pas. Tout le monde court et s'embrasse. On se jette dans les bras les uns des autres, on gémit, on pleure, on rit. Voilà d'autres militaires qui s'amènent dont quelques aviateurs, mais toujours pas de Buz.

Derrière nous, dans l'escalier, les musiciens se mettent à jouer.

Mais il se passe aussi autre chose d'excitant. Les gens descendent l'escalier en trébuchant ou en glissant sur les rampes en laiton. Il y a là un vieux bonhomme fou qui lance de l'argent à la ronde. Un millionnaire cinglé qui distribue des billets de cinquante dollars ! À n'importe qui en uniforme ! Vite, il est par là ! C'est l'excentrique monsieur McLean de Merrickville ! Le millionnaire cinglé de Merrickville est en ville et il est déchaîné ! Il donne à toute personne en uniforme un billet de cinquante dollars ! Mes aïeux ! Dépêchons-nous !

La foule se lance d'un côté, puis vire soudain de l'autre – tout le monde ensemble comme un banc de petits poissons.

Les soldats, les marins et les aviateurs traversent la barrière en riant et en poussant des cris enthousiastes. Quelqu'un leur donne des billets de cinquante dollars. Venez voir ! Venez voir ça !

C'est alors que j'aperçois Buz. Et madame Sawyer, qui se précipite pour le serrer dans ses bras. Et voilà le millionnaire cinglé qui se dirige vers Buz pour lui donner un billet de cinquante dollars. Buz lui fait un salut militaire et lui offre son sourire sympathique. Buz a le poignet dans le plâtre. Sa blessure de guerre.

J'accours vers lui. Et Billy aussi. Buz nous donne la main. Il est plus costaud, pas mal plus costaud que quand il est parti. Puis il nous serre fort dans ses bras. Il est avec deux autres types. Des copains à lui – de solides marins. Il nous dit leur nom. Ils embrassent Madame Sawyer. Ils n'ont personne à embrasser. Ils doivent prendre un autre train pour Maniwaki. Quelqu'un les embrassera là-bas.

Je peux à peine prêter attention à tout ça. Je me contente de regarder Buz.

Oh, Buz! On pensait que jamais tu ne... est-ce que ton poignet fait mal... est-ce que ton avion s'est écrasé... as-tu eu peur, Buz... est-ce que tu... as-tu reçu tes médailles, Buz...

Tout à coup, Buz regarde par-dessus mon épaule et me fait pivoter. Il pose sa casquette de l'Armée de l'air sur ma tête. Il la redresse. Elle est trop grande. Comme mes souliers.

Et voilà le millionnaire qui s'amène encore une fois, juste pour nous!

Il a une liasse de billets de cinquante dollars à la main!

— Salue! me dit Buz. Fais-lui un salut militaire!

Je lui fais un salut militaire. Le millionnaire prend un billet de cinquante dollars dans sa liasse et me le donne. Il se recule et m'examine de la tête aux pieds.

— Et, tiens, en voilà un autre pour tes souliers! Tout un uniforme que tu as là, fiston! dit-il avant de poursuivre son chemin.

Cent dollars! Mon *horreurscope*! L'abondance!

Je redonne à Buz sa casquette et je fourre l'argent dans la poche gauche de mon short.

On fait quelques pas en direction de la fanfare, qui joue dans l'escalier. Les cymbales s'entrechoquent, les coups de tambours résonnent, et les trombones brillent sous le soleil resplendissant qui se déverse par les hautes fenêtres de la gare Union.

Mais tout à coup je remarque quelque chose d'autre qui brille, et ce quelque chose fait descendre mon cœur dans mes talons, flageoler mes genoux et me donne la nausée. Ma gorge se serre.

C'est une paire de lunettes brillant sous les rayons du soleil qui entrent par les hautes fenêtres de la gare Union.

C'est monsieur George. Il nous regarde, moi et Billy.

25

L'organiste
le plus piteux du monde

Ma mère est assise sur son lit. Elle s'essuie les mains et le visage avec la débarbouillette froide que je viens de lui apporter. Là, elle veut son eau de parfum Blue Grass, et je vais la lui chercher dans son tiroir aussi doux que du satin. Elle se vaporise un petit peu de Blue Grass sur chaque poignet. Je prends la bouteille et, avant de la remettre dans le tiroir, j'en vaporise un peu sur Phil, qui rugit.

— Ne fais pas ça, dit ma mère. Tu sais qu'il déteste ça !

Bien dommage.

Qu'est-ce qu'on va faire de Phil quand le bébé viendra vivre dans la Basse-Ville ?

— Va demander à Billy s'il veut garder Phil pour quelques minutes pendant que tu vas chercher ton père. Parce que je pense qu'il est à peu près temps que je me rende à l'hôpital.

Et je ne peux pas courir après Phil en ce moment.

— Billy déteste Phil! Il a peur de lui! dis-je.

— Dis-lui que c'est seulement pour une demi-heure, et que je lui donnerai une pièce de dix cents.

— Laisse faire le dix cents, dis-je. Je lui donnerai un *dollar!* Je suis riche, tu te rappelles?

— Je veux que tu caches cet argent. Quand je reviendrai de l'hôpital avec le bébé, je le déposerai à la banque pour toi. Et pas un mot à ton père. Il en entendra probablement parler de toute façon, mais gardons ça secret aussi longtemps que possible…

Je confie les deux billets de cinquante dollars à madame Batson pour qu'elle me les garde. Billy accepte d'aller s'occuper de Phil, et je flappe-slappe jusqu'à la taverne Lafayette pour chercher mon père.

Hier, à la gare, monsieur George s'est avancé vers nous, Billy et moi. Pouvait-il voir que nous étions avec Buz, deux marins, madame Sawyer et quelques Laflamme? Peut-être pas. Il y avait tellement de monde qu'il n'était pas trop sûr. C'est pour ça qu'il marchait aussi lentement.

— Buz! ai-je dit.

Mais il parlait avec madame Sawyer et d'autres personnes.

— Buz, ai-je répété, mais il ne m'a pas entendu.

Alors je me suis soulevé vers son oreille et je l'ai tiré par le plâtre autour de son poignet et j'ai encore une fois appelé son nom.

— Buz!

— Buz, ai-je dit, et cette fois il m'écoutait, tu vois cet homme avec les épaisses lunettes et les cheveux brun-roux qui s'en vient vers nous? Cet homme est l'organiste de la chorale et il a mis sa main dans ma culotte et m'a fait faire des saletés au parc Heney, un soir que j'étais avec lui, et il a fait la même chose à Billy.

Buz a entendu chacune de mes paroles.

Monsieur George a bien vu que Billy et moi étions avec des gens. Il s'est approché en marchant presque de côté et en se montrant très poli.

— Excusez-moi, lieutenant d'aviation, dit-il à Buz. J'aimerais, si possible, échanger quelques mots avec ces deux sympathiques jeunes hommes qui font partie de notre chorale, au sujet de leur dernière participation. Juste une petite conversation, ça ne sera pas long. Pouvez-vous venir avec moi, les garçons?

Buz dit quelque chose aux deux solides marins et il s'avance. Il tend sa main plâtrée, comme pour serrer celle de monsieur George et, quand celui-ci baisse les yeux vers le plâtre, l'autre main de Buz s'élance en l'air et fait voler les lunettes de monsieur George hors de son visage.

Monsieur George peut à peine voir, maintenant.

— Tenez-le bien en place, dit Buz aux deux marins, qui agrippent les bras de monsieur George et les tirent par en arrière.

Personne ne semble remarquer ce qui se passe, tellement la gare est bondée. Madame Sawyer bavarde avec quelques personnes, le millionnaire cinglé continue à faire bourdonner les conversations, et la fanfare claironne à tue-tête.

Buz lève les lunettes près de l'oreille de monsieur George.

— Écoutez bien ceci, dit-il et il les casse en deux. Voilà ce qui va vous arriver, à vous aussi, si vous harcelez encore ces garçons.

— Mes lunettes. Vous avez brisé mes lunettes…, gémit monsieur George.

Fouillant les poches de veston et de pantalon de monsieur George, Buz trouve un porte-monnaie et en examine le contenu. Il en sort une carte et lit à haute voix ce qui est écrit dessus :

— T.D.S. George, 428, rue Rideau, appartement 1201. Maintenant, comprenez bien ceci, dit Buz. Ne vous approchez plus jamais, jamais de ces garçons. Vous n'avez plus jamais affaire à eux pour quoi que ce soit. Vous ne les suivez pas, vous ne leur parlez pas, vous ne les regardez pas, vous ne pensez même pas à eux. Et si jamais j'entends encore parler de vous, j'ai ici votre adresse, et nous allons venir vous trouver, mes copains et moi, et, là, vous allez devenir l'organiste le plus piteux qui ait jamais eu un penchant à tripoter les garçons qui chantent dans les chorales…

Buz lui a redonné son porte-monnaie, mais il a gardé les lunettes et la carte d'identité.

— Et maintenant, allez-vous-en, a dit Buz.

Et monsieur George s'en est allé dans la foule…

J'entre dans la taverne et je marche jusqu'à la table de mon père.

— Maman dit que tu ferais mieux de venir à la maison, dis-je, à bout de souffle. Le bébé est en route !

— Le temps de finir cette bière et j'arrive tout de suite, répond mon père. J'entends dire que tu es riche !

Je tourne les talons et je file vers la porte à travers la boucane, les relents de bière et le fracas des verres et des bouteilles.

— Et dis-lui donc de ne pas être aussi pressée ! me crie mon père, ce qui provoque un éclat de rire général autour de la table.

Vraiment drôle.

En revenant à la maison, je repense à Buz et à ce qu'il m'a dit quand je lui ai parlé des blessures de guerre que monsieur George a subies aux jambes. D'après Buz, c'était probablement un mensonge, parce qu'avec les yeux qu'il a et une vue aussi faible, jamais on ne l'aurait accepté dans l'armée. Tout était sans doute faux, les blessures, la femme aux truffes, le soldat allemand accroupi sous l'arbre sur qui il a tiré et tout et tout…

— Mais comment expliquer son uniforme, alors? Il portait un uniforme de l'armée. Et les médailles? Il avait des médailles, ai-je dit à Buz.

— Il les a probablement achetées, a répondu Buz.

À VENDRE

Uniformes militaires.
Médailles de guerre.
(s'adresser à l'intérieur)

Tout lire.

En revenant à la maison, je pense aussi au bébé qui s'en vient. Un garçon? Une fille? Y en a-t-il deux? Pas un autre Phil, j'espère?

Avec une partie de mes cent dollars, je vais m'acheter une vraie bonne paire de souliers.

Les meilleurs qui soient. Et ils vont me faire!
Et un chandail neuf. Pas un chandail aux
manches effilochées. Et un nouveau pantalon.
Un pantalon à deux poches, une poche gauche
et une poche droite.

Personnages

Grand-maman – une belle dame qui restera
toujours avec Martin

Martin O'Boy – une victime

Le père – il s'en fout, il n'a aucune sollicitude

La mère – elle voudrait bien avoir de la sollicitude, mais elle ne peut pas

Le docteur O'Malley – un médecin qui dodeline de la tête

Le père Fortier – il dit les mots qu'il faut

Phil – un jumeau qui n'est pas normal

Cheap – le meilleur ami à une oreille du garçon

Un homme – il vient de l'abattoir et il attaque

Le baron Strathcona – juste un vieux baron
en l'honneur de qui a été baptisée une fontaine

Mademoiselle Gilhooly – une enseignante qui
essaie de tuer le temps

Grand-papa – un joueur de soccer à la retraite
dont le cœur est ailleurs

Madame Sawyer – elle attend son fils, Buz

Madame Dindon – elle a les cheveux bleus

Madame Ketchup – elle a le visage peint

Madame Laflamme – la mère de Horseball et
de bien d'autres

Monsieur Laflamme – le père de tous les Laflamme, celui qui tousse

Buz Sawyer – un héros de guerre

Billy Batson – une proie de plus pour un prédateur

Madame Batson – une femme mystérieuse

Lenny Lipshitz – il s'adonne aux jeux de hasard avec un visage qui ment

Le père de Lenny Lipshitz – un chiffonnier

Les Aztèques – ils ont tué le beau garçon

Le bébé dans le ventre – il veut sortir, et vivre dans la Basse-Ville, ou peut-être ne le veut-il pas ?

Monsieur Skippy – il aime ses petits chanteurs d'été

Billy Batson – l'autre, celui de la bande dessinée, qui se transforme en Capitaine Marvel en disant SHAZAM !

Le Capitaine Marvel – il porte un habit rouge ajusté bordé de jaune

Le docteur Radmore – il est sadique avec les animaux

Ketchy Balls – un autre qui est sadique, un enseignant, cette fois

Killer Bodnoff – il vise juste avec une balle de glace

Bing Crosby – il pourrait causer des problèmes à un jeune choriste

Bob Hope – il est censé être drôle, mais il ne l'est pas

Dorothy Lamour – sa chemise de nuit incite Billy à dire SHAZAM !

Monsieur T.D.S. George – un prédateur

Le père de Billy – un homme censé être très sympathique et gentil

Veronica Lake – elle charme les hommes avec sa coiffure

Les frères des écoles chrétiennes – ils portent de longues robes noires

Abbott et Costello – deux comiques au cinéma

Le vendeur de souliers soûl – un expert en climatisation

La vendeuse de Chez Lefebvre – elle accorde des rabais

Old Faithful – un seau au contenu spécial qui se fait botter

Saint Alban – un martyr

Sheena, la fille de la jungle – elle ne porte guère de vêtements

L'homme de la glacière – un homme dont la tête a une forme spéciale

Dick Dork, Darce the Arse et Dumb Doug – trois petits chanteurs d'été stupides

Fred MacMurray – le portrait tout craché du Capitaine Marvel, sauf pour les vêtements

Barbara Stanwyck et Edward G. Robinson – des époux malheureux

Alan Ladd – un homme que Veronica Lake veut embrasser

Géranium Mayburger et monsieur Blue Cheeks
– des personnages empruntés au roman
Angel Square

Six-pouces et Goliath – des joueurs de crosse
de carrure différente

Yvon Robert et le Masque – deux lutteurs ami-
caux qui essaient de s'entretuer

Percy Kelso – ne l'appelez pas Tomate, à moins
que vous vouliez mourir

La serveuse de Chez Imbro – elle porte un
immense crayon dans ses cheveux

Le vieux bonhomme Petigorsky – un cordon-
nier qui se trouve drôle

Le centenaire à la tapette à mouches – «Elles
n'ont jamais su ce qui les avait frappées!»

Les Andrews Sisters – elles chantent dans les
films d'Abbott et Costello

Le révérend – il endort les gens de la Côte de
Sable

Les gens de la Côte de Sable – ils se font souffler en dehors de leurs bancs d'église

Le millionnaire de Merrickville – il adore les
gens en uniforme

Les marins costauds – ils n'ont encore personne
à embrasser

Table des matières

Brian Doyle

BRIAN DOYLE a été finaliste au prestigieux prix Hans Christian Andersen en 1998. Il a mérité de nombreux prix au Canada, incluant trois médailles décernées par l'Association des libraires canadiens pour le Livre pour enfants de l'année, et deux prix Monsieur Christie. La qualité de ses ouvrages est également reconnue aux États-Unis : l'Association des libraires américains les a inclus dans sa sélection *Pick of the List*, ils se sont retrouvés dans la Horn Book Fanfare List, ainsi que dans la sélection des meilleurs livres pour enfants de la bibliothèque publique de New York.

Collection Deux solitudes, jeunesse